Ruy Belo

TODA A TERRA

prefácio de
Luís Adriano Carlos

ASSÍRIO & ALVIM

Título: TODA A TERRA
Ruy Belo

1ª. Edição, 2024

Supervisão de arte: Carlos Renato

Nota do editor: por fidelidade, a edição brasileira mantém a ortografia da edição portuguesa original

Dados Internacionais de Catalogação na Publicação (CIP)
(Câmara Brasileira do Livro, SP, Brasil)

Belo, Ruy, 1933-1978
Toda a terra / Ruy Belo.
São Paulo: Autores e ideias: Assírio & Alvim, 2024.
ISBN 978-65-84832-12-1
1. Poesia portuguesa I. Título.
23-184095 CDD-869.1

Índices para catálogo sistemático:
1. Poesia : Literatura portuguesa 869.1
Eliane de Freitas Leite - Bibliotecária - CRB 8/8415

ASSÍRIO & ALVIM é um selo editorial publicado no Brasil pela Autores e Ideias Editora Ltda. sob licença da Porto Editora S.A.

Contato: assirioealvimbrasil@gmail.com
@assiriobr
www.assirio.com.br

REPÚBLICA PORTUGUESA CULTURA
DIREÇÃO-GERAL DO LIVRO, DOS ARQUIVOS E DAS BIBLIOTECAS

Edição apoiada pela Direção-Geral do Livro, dos Arquivos e das Bibliotecas/Cultura - Portugal

TODA A TERRA

PREFÁCIO

Luís Adriano Carlos

Dado à estampa em 1976, *Toda a Terra* é o oitavo dos nove livros de poemas que Ruy Belo publicou, num ciclo relativamente breve de uma década e meia, com início em 1961, quando o poeta perfazia 28 anos de idade, já licenciado em Direito pela Universidade de Lisboa e doutor em Direito Canónico pela Pontifícia Universidade S. Tomás de Aquino, de Roma, onde apresentara a tese «Ficção Literária e Censura Eclesiástica». Integrando apenas trinta e uma composições, é mesmo assim o livro mais extenso e porventura o mais representativo da obra do autor. Com efeito, as várias linhas estilísticas e temáticas que percorrem os seus versos desde *Aquele Grande Rio Eufrates* atingem nesta colectânea uma síntese superior que não esconde uma peculiaridade poética, tanto na sua construção global quanto nos meios específicos da dinâmica criadora.

O livro organiza-se em duas partes, «Areias de Portugal» e «Terras de Espanha», que justificam uma secção final com a informação completa acerca dos locais e das datas de composição. O leitor conhece deste modo que os textos da primeira parte, «Areias de Portugal», foram escritos em 1973 nas areias grossas da Praia da Consolação e que os da segunda, «Terras de Espanha», datam de 1972 e 1973, redigidos em Madrid — onde o poeta exerceu, a partir de 1971, a função de Leitor de Português na Universidade Complutense — e na mesma praia portuguesa a sul de Peniche. Esta estrutura intratextual espelha de certa maneira a biografia do autor na década de 1970, mas o livro vai muito mais longe, através de peritextos que sinalizam um circuito hipertextual de maior amplitude.

As designações das duas partes do livro são extraídas da xácara «A Nau Catrineta», que evoca o mar e as navegações lusitanas nos séculos XV e XVI. O hipotexto é a lição do *Romanceiro* de Almeida Garrett: «Vê se vês terras de Espanha, / Areias de Portugal». Ruy Belo conecta a sua textualidade, de forma significativa, a um romance marítimo que fascinou outros dois versilibristas de primeira ordem como Alberto de Serpa, em *Vê se Vês Terras de Espanha*, de 1952, e o heterónimo pessoano Álvaro de Campos, na «Ode Marítima», de 1915. Através de um romance popular, *Toda a Terra* estabelece canais de comunicação histórica e poetológica com outros hipertextos da linhagem versilibrista a que pertence, a dos modernismos de *Orpheu* e *Presença*, que alargam necessariamente o círculo literário da sua leitura.

A macroestrutura do livro subordina-se, porém, a uma microestrutura que o trespassa de ponta a ponta e que arrasta um outro hipotexto antigo. Refiro-me ao título «Toda a Terra», textualmente expresso nos primeiro e último poemas — «Em Louvor do Vento» e «A Sombra o Sol» —, depois de identificado pelo peritexto na epígrafe de Padre António Vieira: «Para nascer, pouca terra; para morrer, toda a terra. Para nascer, Portugal; para morrer, todo o mundo.» Trata-se de um trecho de um dos nove sermões a Santo António com a assinatura do jesuíta, pregado em Roma, na Igreja de Santo António dos Portugueses, no ano de 1670, três séculos exactos antes da edição do importante livro beliano *Homem de Palavra[s]*. Eis a cidade de Roma, aqui onde se julgava apenas existir Madrid no mundo percorrido pelo poeta. De facto, conforme já mencionado, Ruy Belo viveu, estudou e doutorou-se na capital italiana, que assim evoca em *Toda a Terra* pela mediação de mais um hipotexto. O livro não é, por conseguinte, uma espécie de poemário dos dias de 1972 e 1973, a despeito do que alguma crítica pensou ao cair no engodo da nota final «Data dos Poemas», tipo de peritexto isolado nos volumes de poesia do autor. Daí que não possa ser lido de forma suficiente sem o acoplamento a este sermão, cuja tópica inclui, entre os movimentos particulares da luz de Santo António, lugares muito caros ao poeta de *Transporte no Tempo*, como a mudança de religião, o abandono da pátria («Sem sair, ninguém pode ser grande»), o caminho do mar e, por último, ir a Roma. Além disso, afigura-se enriquecedor para a experiência da leitura o conhecimento do contexto imediato da epígrafe de *Toda a Terra* no sermão de Vieira: «Nascer pequeno e morrer grande é chegar a ser homem. Por isso nos deu Deus tão pouca terra para o nascimento, e tantas terras para a sepultura.»

Enquanto criava alguns destes poemas, em 1973, Ruy Belo exprimia-se num tom muito similar no prefácio ao livro *Transporte no Tempo*, «Breve Programa para Uma Iniciação ao Canto»: «[...] ao escrever, dou à terra, que para mim é tudo, um pouco do que é da terra. Nesse sentido, escrever é para mim morrer um pouco, antecipar um regresso definitivo à terra». Para morrer, toda a terra lhe basta por ser essa a condição humana, como se infere de dois versos da sublime elegia «Ao Regressar episodicamente a Espanha, em Agosto de 1534, Garcilaso de la Vega Tem Conhecimento da Morte de Dona Isabel Freire»: «Não tardarei também a regressar à terra / para cumprir a minha condição». A terra é *mater*, mas também é destino, o lugar da sepultura. Por esse motivo, temos de contabilizar a dedicatória, outro peritexto não inócuo que fecunda a terra fértil de todo o livro: «À melhor das mães». Nada obsta, naturalmente, a que se identifique como dedicatária a própria Mãe do poeta. Todavia, em Ruy Belo, toda a palavra *lavra* outros sulcos e, nessa ambivalência, a Terra-Mãe pode igualmente ser o objecto da dedicatória. Esta hipótese ganha maior probabilidade quando pensamos na equação que o mesmo António Vieira promove no «Sermão de Nossa Senhora da Conceição», pregado na Bahia, em 1639. A mátria é terra mas também desterro, sendo o Céu a nossa pátria: «[...] o nome de Pátria é derivado do pai e não da mãe: a terra em que nascemos é a mãe que nos cria, o Céu para que fomos criados é o lugar do Pai que nos dá o ser [...]». Ruy Belo viveu a sua poesia com angústia existencial e metafísica porque sentiu ser a Terra uma *condição*, que nos condiciona e acondiciona, sem caminho aberto para o Céu. O penúltimo verso de «A Mão no Arado», poema essencialmente melancólico do livro *O Problema da Habitação*, de 1962, traduz na perfeição este desespero sem esperança: «É muito triste andar por entre Deus ausente». Apátrida. Uma *condição* terrivelmente figurada naquele que me parece o poema central de *Toda a Terra*, «Uma Árvore na Minha Vida», algo subestimado pela crítica beliana, mas em grande medida definidor do conjunto da obra aos níveis temático e estético.

São ainda definidores da poesia e da poética de Ruy Belo outros nove poemas de excelência. A sua compilação num pequeno volume propiciaria uma antologia magnífica: «Em Louvor do Vento», composição de abertura, «Nos Finais do Verão», «Quero só isso nem isso Quero», «Nem sequer não», «Agora o Verão Passado», «Muriel», «Encontro de Garcilaso de la Vega com Dona Isabel Freire, em Granada, no Ano de 1526», «Ao Regressar episodicamente a Espanha, em Agosto de 1534, Garcilaso de la Vega Tem Conhecimento da Morte de Dona Isabel Freire» e «A Sombra o Sol», poema final. Todos eles sintetizam não só a polaridade do quotidiano e do sublime, ou o *bathos* como ambivalência do vulgar e do profundo, mas também a íntima integração do ritmo acentual e do ritmo prosódico-semântico que conferem à expressão uma dinâmica em que a própria distimia é susceptível de gerar comoção e entusiasmo ao leitor mais relutante.

A poética de Ruy Belo suporta uma estética muito dependente das configurações rítmicas. O presente livro é aliás a sua confirmação superlativa. Tendo-se licenciado em Filologia Românica entre 1961 e 1967, o poeta aprofundou o seu conhecimento da tradição poetológica e retórica. Nos ensaios de *Na Senda da Poesia*, de 1969, é notório o domínio de matérias relacionadas com a funcionalidade da linguagem poética (em alguns casos, anteriores ou laterais à frequência da Faculdade de Letras de Lisboa), como, por exemplo, as teorias de Aristóteles, Giambattista Vico e Roman Jakobson, que valorizam o ritmo e a melopeia como *meios* da *synthesis* compositiva.

Ruy Belo segue incondicionalmente o princípio aristotélico do primado do ritmo entre os meios da *mimese* ou da composição. Além disso, sem ignorar que o círculo da *mousiké* unificava a poesia, a música e a dança na época de Aristóteles, o autor de *Toda a Terra* atribui ao poeta o poder do dançarino, que consiste em exprimir caracteres, paixões e acções por meio de atitudes rítmicas. Nesse ponto de vista, o ritmo materializa a acção simultânea de factores como a intensidade, a duração e os timbres, articulados solidariamente com os fluxos da significação. Estrutura recursiva e repetição periódica, o ritmo é o fluir do sujeito, a entoação da voz e a organização do sentido. Dir-se-ia que, para Ruy Belo, tal como para Walt Whitman, Álvaro de Campos ou Allen Ginsberg, mestres do versilibrismo, o ritmo é o *groove* que move e comove. Por isso o poeta fala de «sons tão vivos e espessos como aves» e invoca a «ave leve do meu verso», no poema «Agora o Verão Passado».

Nesta perspectiva, a composição de abertura, «Em Louvor do Vento», imprime a tónica e a escala do livro com a sua natureza prosódica que contagia toda a cadeia textual. Longa anáfora do vento cósmico, antropológico e mesmo fisiológico, de verso de arte maior cuja extensão chega a atingir quarenta e cinco sílabas (v. 20), move-o a aliteração das consoantes fricativas e sibilantes em solidariedade interna com lexemas equivalentes e toda uma semântica pneumatológica, numa contínua onomatopeia da energia vital que lhe deu origem, a respiração do poeta. O ritmo é a síntese de todos os elementos da linguagem que compõem o poema e a sua fruição. Abordei este assunto em 2001 no número 86 da revista *A Phala*, sob o título «O Problema da Respiração», e não julgo conveniente repetir os argumentos de então nesta oportunidade, preferindo direccionar o meu discurso para aspectos complementares.

Tal como o barroco no entendimento de Gérard Genette, esta poética funda-se numa retórica. Ressalve-se que prefiro chamar *metáboles* às figuras e aos tropos, adoptando a nomenclatura do Grupo μ na *Rhétorique Générale* (1970), uma vez que em Ruy Belo elas não são adornos, mas disposições rítmicas do discurso entendido como *metabolismo*. Os processos de significação e as transformações de sentido, sob a regência do ritmo, são imanentes ao discurso e revestem um carácter *metabólico* que naturaliza as ideias e sublima as sensações. O poema é, tal como o corpo rítmico — do dançarino, do poeta ou do leitor —, um *metabolismo* com uma dinâmica transformacional que vitaliza a linguagem por meio de uma energia contagiante. O princípio regulador deste dispositivo é o *paralelismo*, sem o qual o verso livre (ou o versículo) dificilmente resiste à prova da leitura.

É explícita a defesa do paralelismo e das suas metáboles por Ruy Belo em vários ensaios da colectânea *Na Senda da Poesia*, considerando que os poemas longos correm o risco de sofrer «quebra de temperamento» e por essa razão carecem de um «substrato organizador», ou referindo-se ao «paralelismo de construção» da anáfora e da epanalepse enquanto «suporte da organização verbal». Ora, de facto, já em 1929 o estudioso Autrey Nell Wiley, no ensaio «Reiterative Devices in *Leaves of Grass*», atribuía ao método de composição de Whitman um paralelismo de dois tipos: a *epanáfora* ou repetição inicial (bem conhecida dos nossos barrocos, nomeadamente D. Francisco Manuel de Melo); e a *epanalepse* ou repetição interna no início, no meio e no fim dos versos. Estas duas metáboles desencadeiam processos estéticos que identificam segmentos prosódicos e movem o olhar do leitor através da página num efeito de varrimento extremamente sensível. O texto é percebido não linearmente mas como uma rede multidimensional de *layers* prosódicos, fónicos e mórficos, lexicais e frásicos. É este o modelo de construção da poesia de Ruy Belo, que engrena o leitor numa cooperação textual em que não só vive uma festa da linguagem como a intensifica com o seu encantamento ou o seu delírio.

Seria fastidioso enumerar as ocorrências neste livro, desde logo porque aparecem de poema a poema. O retorno periódico organizado em figuras rítmicas no metabolismo do discurso, com homofonias, aliterações, assonâncias, homeoteleutos (rimas), homeoptotos, anáforas, anadiploses, epanadiploses, epíforas, paronomásias e poliptotos, solidariamente com as suas correspondências semânticas, abunda por todo o livro como fonte de energia e vitalidade. Cabe ao leitor desfrutar desses movimentos criadores de texturas, sensações e ideias. Pessoalmente, recomendo uma atenção especial ao poliptoto praticado por Ruy Belo, o poeta português que mais longe levou a sua técnica, não raro intuitiva e espontânea sob o regime da analogia. Alteração flexional do corpo da palavra, sem afectar o seu significado próprio, modifica porém a perspectiva sintáctica, isto é, repete a parte invariável de uma palavra substituindo os seus morfemas gramaticais ou derivativos. Por exemplo: «Mesmo agora te vejo e mesmo ao ver-te não te vejo», do emblemático poema «Muriel». No tratado *Do Sublime*, Longino considera o poliptoto uma figura da sublimidade.

O poema longo, correlato do verso longo, é um dos aspectos que singularizam *Toda a Terra*. Excluindo os dezasseis poemas em prosa da obra do autor, e pondo de parte o poema-livro *A Margem da Alegria*, de 1974, que tem 2168 versos (*Os Lusíadas* conta um pouco mais de oito mil e a «Ode Marítima» ronda os novecentos), *Toda a Terra* apresenta a maior quantidade desta espécie de composição. Tomemos o limite de cem versos, que separava o poema breve do poema longo para Edgar Allan Poe, em *The Philosophy of Composition* (1846). *Toda a Terra* inclui o poema mais longo do autor, «A Sombra o Sol», com 822 versos. Dos 28 poemas com mais de cem versos, 18 (64%) pertencem a este livro. Para se ter uma ideia da relevância do poema longo em Ruy Belo, os 29 poemas com mais de cem versos (reintegrando *A Margem da Alegria*) representam 10% de um total de 289 unidades poemáticas, mas esses mesmos poemas, no conjunto dos 15 976 versos de toda a obra versificada, englobam 54%, com 8751 unidades versificatórias. Valores áridos (eu sei), mas com significado. Dificilmente um poeta mediano conseguiria destacar-se com tantos poemas longos. À semelhança de José Agostinho de Macedo, para não mencionar vivos nem mortos com descendência no activo, não passaria de um poetastro prolixo. Leiam, se forem pacientes, *A Meditação*, de 1813. Ora, Ruy Belo, jogando no campo mais difícil da poesia, com verso longo e poema longo, em vez de ser classificado como autor prolixo por quem conhece a literatura dos últimos duzentos anos, é por muitos leitores exigentes considerado um dos maiores poetas portugueses. Este é um feito de alta categoria que a história literária terá de avaliar na valoração da sua obra.

Como corolário, o ritmo vital, enquanto «natureza que dá a regra à arte», no sentido de Kant, representa a força sublime do génio, vencendo a hostilidade da matéria pela resistência às suas condições iniciais, que acaba por suprimir o nada através da potência criadora. Nessa medida, a poesia de Ruy Belo exprime uma metafísica de uma profundidade abissal e sublime, extremamente potente, que o conduz às contemplações da morte.

A meu ver, a característica fundamental do poeta, impressiva no presente livro, é a sua capacidade de dominar a arte e a voz da poesia através de um verso de arte maior, exponencial e magistral, o verso livre que em Portugal atingira o seu auge com Álvaro de Campos e que ele sem dúvida transpõe para outra dimensão.

Como diria Henri Meschonnic se tivesse estudado Ruy Belo, estamos perante um verso fundamentalmente rítmico, por isso essencialmente subjectivo, dando voz a um sujeito histórico porque a linguagem preserva o seu rasto. Lemos esta poesia e *sentimos* que há de facto um sujeito e que esse sujeito é a historicidade da linguagem, uma linguagem cujo epicentro é exactamente a subjectividade. Daí que *o poético* em Ruy Belo seja mesmo *o sujeito*. Não há outro lugar para a poesia.

A força e a energia do verso enquanto voz emotiva de um sujeito que é a materialização de uma historicidade constitui a faceta estética da poesia. Isto significa que a linguagem ganha uma extrema sensibilidade que muitas vezes nos comove, em virtude de a poesia ser *o modo como* a linguagem aborda os grandes problemas da existência. Ruy Belo distingue-se com esplendor nesse ângulo superior da criação poética, em virtude de a sua linguagem ser surpreendente mesmo quando já nos é familiar.

TODA A TERRA

À melhor das mães

Para nascer, pouca terra; para morrer, toda a terra. Para nascer, Portugal; para morrer, todo o mundo.

Padre António Vieira

I PARTE

AREIAS DE PORTUGAL

EM LOUVOR DO VENTO

Às vezes talvez uma simples dor no dedo mínimo de um pé ou o brilho
nos olhos de uma mulher
que passa e passa decididamente decerto para sempre e sinto ser
possivelmente essa mão
inconfundível devido a uma determinada pressão no ombro desde
sempre esperada
sim talvez essa dor ou esse brilho ou esse brilho e essa dor
simultaneamente
distraem-me do vento que roda lá fora que roda loucamente lá fora que
roda como se rodar fosse para ele uma verdadeira maneira de ser
que roda envergando todas as suas vestes de inúmeras peças tufadas
compridas e transparentes
e ascende das areias invariavelmente passivas da praia humilde
feminina sensível às constantes embaixadas envolventes do mar
até às pedras altas do velho forte altas e altivas no cimo da sua altura e da
sua idade
na forma de um vulto esguio redondo e rodopiante de pinheiro ou
simples ampulheta ou clepsidra
O vento a essas horas incertas perdidas da noite quando a obscuridade
desde há tanto que mais parece desde sempre cobriu com o seu manto
todas as coisas designadamente os compridos corpos humanos
e abafou os miúdos inumeráveis ruídos que costumam acompanhar a
luminosidade cega do dia
entoa então por vezes nas árvores e nas casas e em coisas como os
arames e as mais variadas saliências da terra

o seu canto levíssimo levitante vagamente triste cortante mais cortante
mesmo
que a faca cujo gume acaba de sair das múltiplas mãos dos móveis
amoladores
um canto que faz lembrar o uivo de certos animais feridos talvez na raiz
da sua sensibilidade
ou a súbita irrupção dos primeiros violinos numa sala abafada pelo
veludo das cadeiras ou as peles das senhoras da alta sociedade
um canto próprio inconfundível decerto inolvidável para quem uma
noite o ouviu
dificilmente dicionarizável porque a essas horas os académicos dormem
sonhando talvez com o discurso de ingresso de um novo membro na
academia
e o vento é de uma sociabilidade altamente duvidosa e canta canta nas
dobras da noite
Eu estou deitado e então sinto a ponta dos pés nos lençóis recém-mudados
sinto como mais uma parte do meu corpo os próprios lençóis
e imediatamente faço calar o coro que na rádio canta o messias de haendel
e abre assim um espaço que não é o do meu quarto mas sim o da catedral
de toledo aconchegada na penumbra de certas tardes dos fins de maio
O vento vem na sua suavíssima voz e toda a gente morre de súbito para
mim
os cuidados deitados talvez comigo desaparecem inspiro profundamente
e sinto-me tão bem que até me parece penoso dizer que me sinto tão bem
não vá eu deixar porventura de me sentir assim tão bem não vá o vento
calar-se
Deve haver algures no meu corpo um lugar expressamente reservado para
a voz do vento
uma cavidade qualquer assim como as salas dos aeroportos destinadas às
pessoas muito importantes
mas esta minha só para o vento a única pessoa muito importante agora
para mim

As ramadas das árvores agora sim agora devem viver
agora devem manifestar vivamente que vivem
haverá talhadas luminosas e brancas na crista das inúmeras ondas do mar da baía
e eu oiço completamente o vento e ouvir o vento é suficiente para me sentir vivo
para sentir as amplas asas da paz abertas no peito no leve leque das suas penas
Desvaneceram-se decididamente na vasta sede da noite
as rápidas mulheres munidas de imensos pés que sem reservas amei
jamais imprimi palavra alguma nas páginas brancas do papel tão brancas e sucessivas como dias
não tenho passado nem coisas quaisquer a fazer acabo até agora mesmo de nascer
Neste momento sou apenas sou pelo menos desde os pés da cama até aqui à cabeceira a voz vasta do vento
e a minha cama range como quando pomos os pés nesses velhos sobrados onde se deixa grelando a batata
cresce o ritmo da minha respiração o pulso bate-me cada vez mais apressadamente
volto-me vagamente vagarosamente mais ou menos lá para donde pressinto que o vento vem
é possível que morra de um momento para o outro quando menos espere
e a cabeça me fique a baloiçar ao vento de um lado para o outro primeiro
de parede para parede do quarto depois lá fora entre leste e oeste
Há um vento impetuosamente solto na noite da minha vida um vento
mais louco do que mulheres esbeltas e lentas nos seus longos cabelos
e sinto que as pontas dos pés me chegam mais longe cada vez mais longe
e não leio na agenda nenhumas horas marcadas nem sei de locais de encontro
não necessito tomar o metro pedir um gin tónico que vá bebendo gole
a gole no bar deserto pensando talvez que ali esteve um dia hemingway esperando talvez como eu

saboreando o leve sabor amargo do gin desfazendo o limão vendo as
cortinas esvoaçar ao vento
O vento vibra na sua voz de vento alarga aos quatro cantos
aos inumeráveis recantos da noite as espirais translúcidas do seu vulto
infunde uma vida irritante saltitante e irrequieta em coisas
como latas amolgadas e enferrujadas enferrujadas precisamente nas partes
amolgadas
como madeiras apodrecidas pelo salitre e pela chuva como portinholas
desengonçadas
o vento sopra na areia enverga as vestes cheias de folhos e dobras
da areia possivelmente para ter um mínimo de corpo e tornar-se visível
e bailar rodopiando no largo à volta do vulto do cruzeiro
e caminhar caminhar cada vez mais caminhar cada vez a passos mais largos
e proceder à sistemática ocupação dos mais recônditos recantos da terra
Vejo vislumbro através da janela levemente entreaberta
que o vento circula a muitos quilómetros por hora na estreita estrada
que o vento enche preenche o espaço arenoso indeciso e nublado entre
estas poucas casas sonâmbulas
que passa a mão inquieta de muitos dedos abertos dispersos e diluídos
primeiro aqui pela aldeia depois possivelmente por toda a terra
e não tardará talvez a elevar vales a aplanar muitos dos montes
num trabalho perseverante e esgotante que são joão baptista e cristo
aliás ocupados com outras coisas se devem ter visto impotentes para levar
a cabo
E eu aqui sem nenhuma memória abandonado até por estas paredes ainda
há pouco à minha volta
apenas dispondo deste resto de corpo onde o vento pode à vontade
vibrar quanto quiser até quando quiser e assim vibrando
demonstrar que existe que vive e dizer eu sou o vento e nasci em tantos
do tal em tal sítio e a sua afirmação valer como um bilhete de identidade
Creio que morreria se não pressentisse não sei bem como
mas através de um latejo levemente diferente do coração

que o vento já tão irrequieto esta noite ficaria talvez triste
por ver desaparecer não um dos poucos amigos e admiradores veneradores
atentos e obrigados que talvez sinceramente tenha
não um espectador interessado do longo e variado festival que nestes momentos apresenta
mas uma coisa mais um obstáculo mais a demolir e a vencer
Tenho oito cadeiras trabalhosamente entrelaçadas no distante vime da juventude
quando pelas tardes de calma e calor me banhava na vala junto ao moinho
e os vimes os mais ginasticados emissários da vegetação das margens
cortavam em tiras a sombra que poisava ao de leve na água
tenho essas oito cadeiras disponho-as em fila com a seca solenidade de um cerimonial
e rígido e digno na minha estatura liberta enfim das volumosas volutas dos barbitúricos
aguardo cheio de calma que o vento se sente multiplicadamente nas oito cadeiras que tenho
na casa caiada e térrea que tenho na vida minuciosa e diária que tenho
Talvez o vento levante a voz aumente ainda mais de volume
convoque ventos de outros espaços e sopre na força irresistível da tempestade
e venha violentamente até mim e varra da minha casa
e varra da minha vida tudo absolutamente tudo o que não seja o vento
e sejam talvez coisas planas e chatas e domésticas e imensamente
miúdas e não disponham desta voz côncava do vento
Há nuvens negras que se deslocam apressadamente para o sul
há filas de canas que oscilam e fazem ao vento a elegante reverência da vassalagem
ou pelo menos da boa educação tudo se anima vibra soa na noite
O vento vai vencendo obstáculos dispõe cada vez de maior espaço
anexa pela violência territórios que ainda há pouco lhe opunham certa resistência
ensaia agora a sua vastíssima valsa na ampla sala da noite

canta uiva produz esse inimitável som impossível de procurar nas páginas
dos dicionários
afina a voz para as mais agudas notas do seu canto dilacerador e íntimo
Virá o dia muitos corpos afastarão finalmente da fronte os últimos véus
do sono
muitos olhos procurarão a luz sentirei mais minhas as pontas dos pés
o canto quezilento e quebradiço dos pássaros no pátio nas árvores nos
beirais
disputará o lugar à voz do vento nos meus ouvidos
Voltarão primeiro um por um depois em bandos os cuidados
as pontas dos cabelos compridos de mulheres jovens entrar-me-ão para
a boca
mas é provável é mesmo muito provável que algures nalguma parte
profunda e perdida do meu corpo
continue vazia arejada e arrumada com o pó limpo uma sala
exclusivamente reservada à única pessoa verdadeiramente importante
até que um dia eu para sempre me veja disperso no vento e não passe
talvez de um secundaríssimo instrumento na complexa e simples orquestra
do vento

NOS FINAIS DO VERÃO

Quando alguns anos aí por finais de agosto o sol por momentos como
 que se vela
e eu me sinto talvez sem saber porquê subitamente triste ou não sei indeciso
posso fazer várias coisas. No entanto quase sempre o que faço
é correr completamente todas as persianas de todas as janelas de todas
 as divisões da casa
meter-me na cama cobrir-me todo até a cabeça com a roupa
e começar a ouvir por exemplo o requiem de mozart. Talvez quase todo
 o verão
tenha passado por mim quase sem eu dar verdadeiramente por isso
terei descido meia dúzia de vezes à praia terei tomado ao todo um banho
terei visto distraidamente uma tarde a areia cair-me do punho
levemente fechado por entre os dedos para a palma aberta da outra mão
O sol terá aplicado diariamente a sua demão de luz a dois lados da minha
 casa
mais amarelado pela manhã na parede voltada a leste
mais amarelo torrado na parede do lado ocidental pouco antes de passar
o testemunho à sombra avassaladora da noite
O lugar exacto do pôr do sol ter-se-á desviado insensivelmente no
sentido norte-sul dou por isso exactamente no fim do mês
ao levantar os olhos da máquina de escrever e procurar em vão o sol prestes
 a pôr-se
no estreito intervalo de duas casas à beira-mar onde antes o via
e além disso a passagem do tempo será também visível por exemplo
na altura da pilha dos jornais acumulados a um canto do quarto

no progressivo desgaste do enorme sabonete que dia a dia utilizei
para lavar distraidamente as mãos as diversas vezes que as lavei
Alguma coisa passou para sempre passou irremediavelmente para sempre
alguma coisa que não será principalmente isso mas será também isso
alguns rostos pousados no verão de linhas suaves como certos sulcos na
areia
sim decerto alguns rostos estes dias insistentemente repetidos
mas afinal desconhecidos ficarão para sempre nas dobras do verão
e mais uma vez na vida eu não saberei que fazer acreditem
no que digo não saberei verdadeiramente que fazer
Noutras alturas do ano quando a timidez se apodera de mim
ou não consigo olhar alguém nos olhos ou tratar de um assunto prático
tomo um whisky telefono a alguém leio certo tempo o jornal
Agora nestes finais de agosto quando o sol por momentos como que
hesitou
o que fiz foi correr as persianas rodear-me de uma certa escuridão
e deixar correr a fita onde se encontra gravado o requiem de mozart
Os violinos como que procurarão serrar suavemente as vozes cheias e leves
instrumentos de sopro violinos e vozes dispor-se-ão aqui e ali por estratos
à maneira das nuvens no céu de alguns destes dias passados
pela hora do pôr do sol lá para os lados do poente sobre as águas mansas
do mar
Sentirei talvez a mão de cotão da escuridão pesar-me no peito
estendido apenas existente devido ao ritmo lento da respiração
e o vento socorrer-se-á de vez em quando da cumplicidade da música
que abranda que como que poisa para garantir que sim
que está ali exactamente rente à moldura da janela e procura
fazer-se pequeno para ver se passa por algum interstício
e assinalar a sua presença no quarto por uma ligeira ondulação das cortinas
por um hálito na minha pele que seja bastante para me alterar o ritmo
da respiração
Sentir-me-ei levemente inquieto tenho dois ou três problemas a resolver

estarei triste indeciso inquieto terá passado para mim de maneira
irremediável e não sei porquê mais sensível um tempo de vida
voltarei a cassette do outro lado piscarei os olhos no escuro
Tenho a sensação de que me protegem três ou quatro pessoas
de que três ou quatro pessoas contra as quais às vezes me revolto me
fazem falta
não descerei à praia não quero estes dias voltar a descer à praia
Talvez em meados de setembro se porventura se não alterar muito
o ritmo da minha respiração eu abra de novo as janelas veja o tempo
que faz
dê uns passos pequenos na casa e me encaminhe lentamente na
direcção do mar
Então sim então estarei só. Que é feito daqueles rostos de verão
daquelas silhuetas ao pôr do sol interpostas por vezes entre a luz e o
livro que lia
a que profundidade se encontram agora determinados passos
ainda não há muito indubitavelmente impressos na areia do verão
perguntarei na falta de outras pessoas talvez ao mar esse mar que mora
sempre aqui e não vai para longe com o verão. Ficarei à escuta procurarei
distinguir no marulho do mar qualquer esboço de resposta
olharei os contrastes da luz incidindo na superfície do mar
Sei que é em vão que tudo será decerto em vão e que mais uma vez
assisti sem remédio de braços caídos à implacável destruição do verão
Que é feito do verão que é feito dessa pausada estação
onde eu sem saber cavara os alicerces da minha vida que é feito
dos olhos sérios e dignos dessa criança ameaçada pelo fim do verão
por um tempo que em breve a roubaria ao ruidoso convívio do verão?
Quando eu era pequeno e pressentia que me iam levar para longe do mar
despedia-me uma a uma das árvores das pedras que não mais voltaria a ver
mesmo que no ano seguinte as voltasse a ver dava uns passos a cambalear
pensava que seria isso doer-me a cabeça que nunca me tinha doído
Mas não era por isso não era por sentir há pouco no pulso

o fim acerado do verão que eu estava indeciso inquieto triste
ia jurar que não era por nada disso que não tinha nada a ver com isso
Agora sim agora estarei inquieto e triste por saber mais profundamente
do que uma unha cravada na carne que alguma coisa sem remédio acabou
que certos rostos precisamente esses rostos que amiúde o verão
utilizava para ser leve fazer parte das minhas coisas fazer
talvez parte de mim repousam para sempre amortalhados no verão
estarei triste por ver que mais uma vez terei falhado inapelavelmente na
        vida
Inútil agora fechar as janelas deitar-me voltar a ouvir o requiem de mozart
inútil mesmo estar certo de que fizesse eu o que fizesse
mesmo que o fizesse no devido tempo tudo seria inútil
Abrirei a janela fincarei o queixo no peitoril da janela
farei uma última tentativa para procurar saber onde é que se esconde
o verão onde é afinal o sítio sossegado do verão
Ficarei sem remédio triste à janela do meu quarto
de olhos perdidos no mar perdidos com o verão

ÓSCAR NIEMEYER

O lugar do arquitecto óscar niemeyer é cada dia mais no brasil
Óscar niemeyer é ave de arribação veste a colorida plumagem dos trópicos
tem grandes asas que excedem a racionada raciocinada superfície da europa
só sabe verdadeiramente voar sobre as ilimitadas areias do maranhão
onde convivem o vento vigorosas mulheres e virgens passos de pássaros
onde a norte começa o próprio espaço da imaginação
Óscar niemeyer levanta no solo gretado da europa o seu tronco baixo
esmaga tímidos braços de árvore contra o atarracado pé-direito das nossas
salas
desfralda no território do rosto um sorriso baixo e cansado
O arquiarquitecto só deixa que o cubra o tecto sem sombras da beleza
não lhe é possível pensar sem a grandeza há uns nove anos comprimida
no brasil
país onde hoje recusa rasgar palácios para albergar talvez organismos de
uma nova inquisição
onde actualmente lhe sonegam o espaço exigido por esse traço
nascido de um gesto desaparecido com o movimento de mãos dos artistas
do renascimento
só agora finalmente talvez prolongado nas longas arcadas
nas arcadas criadoras de som como as arcadas cheias de inumeráveis
escadas
subtilmente subidas às vezes pelas notas libertas dos versos do poeta
camilo pessanha
arcadas por exemplo visíveis nos edifícios das edições mondadori de milão
ou do ministério dos negócios estrangeiros da cidade de argel

O homem de fala medida e breve que fez falar o betão e o fez articular
o nome de brasília
num céu que outrora apenas cobria um silêncio de selva e sertão
devolve a este velho e revelho continente volvidos já quatro séculos e meio
o vulto nevoento e procriador do navegador pedro álvares cabral
e diz em oxford ou em paris a mesma primeira missa desse dia distante
de santa cruz
na mesma voz de inocente nudez da palavra paz agora através das cordas
vocais da arte
No seu grande atelier dos campos elísios de paris liberta a palavra que faz
desabrochar a flor de nenúfar de um casino à beira do mar da madeira
nascer livre como uma ideia na forma de aldeia a universidade de constantina
tocar essas autênticas teclas de piano que são os ovóides alvéolos das casas
para estudantes de oxford
soltar ao vento a fita de vidro e aço que esvoaça no bairro de la villette
de paris
descer das verdes vertentes de uma colina de dieppe duas mil variadas
habitações
florir no havre uma febril flor ardendo na corola das suas dez pétalas
Nas mãos de niemeyer nasce o silêncio do núcleo central sossegado de
certas cidades
que dilatam os dias fortificados e relvados da idade média
cercados agora somente de casas geminadas e blocos de apartamentos
abertos em leque
Aquela mão criadora de coisas como a alegria actualmente já não criaria
brasília beleza para privilegiados beleza pela beleza terrenos coutados
paredes sem amplas janelas rasgadas na vida dos deserdados
Niemeyer mudou de nome e chama-se agora somente arquitectura
arte arejada palavra de betão proferida dos telhados mais altos da idade
futura

QUERO SÓ ISSO NEM ISSO QUERO

Quero uma mesa e pão sobre essa mesa
na toalha de linho nódoas de vinho
quero só isso nem isso quero

Quero a casa de terra à minha volta
cães altos na noite a minha mãe mais nova
quero só isso nem isso quero

Quero a casa do forno onde eu me escondia dos relâmpagos
e trovões quando um ferro no cesto garantia uma feliz cria à galinha
chocadeira
quero só isso nem isso quero

Quero de novo fundir ao lume os soldados de chumbo que no natal me
punham no sapatinho
e tirar chouriço e toucinho do guarda-comidas
quero só isso nem isso quero

Quero fazer pequeninos adobes e construir casas pelo quintal
ver chegar o verão e comermos todos lá fora na varanda de tijolo
quero só isso nem isso quero

Quero uma aldeia umas pedras um rio
umas quantas mulheres de joelhos brancos esfregando a roupa nas pedras
quero só isso nem isso quero

Quero escrever fatais cartas de amor à rapariga dos meus oito anos
rasgar essas cartas deixá-las pra sempre dentro do tronco oco da oliveira
quero só isso nem isso quero

Quero umas cabras um pastor rico um pastor pobre
o leite quente na teta o cabrito morto soprado e esfolado
quero só isso nem isso quero

Quero a courela as perdizes no ovo a baba do cuco
laranjas de orvalho no ano novo colhidas na árvore
quero só isso nem isso quero

Quero dois montes e um paul de malmequeres a cheia na primavera
a asma o ruído dos ralos as pernas sombrias das raparigas
quero só isso nem isso quero

Quero os espargos os pinheiros bravos o primeiro pôr do sol
as noites de baile no carnaval as bandeiras da safra
quero só isso nem isso quero

Quero que voltem os que morreram os que emigraram
matar com eles o bicho com aguardente pela manhã antes da pega
quero só isso nem isso quero

Quero ver ao vento o véu das noivas apanhar os confeitos nos casamentos
saber pelos papéis dos registos o tempo da prenhez palavra misteriosa
quero só isso nem isso quero

Quero um pátio meu e da sombra e galinhas pedreses e árvores
uma mina de avencas uma horta uma sebe de cana umas casas caídas
quero só isso nem isso quero

Quero uma enxada uma gadanha calos nas mãos cuspo nos calos
a cava mais funda da vinha o capataz a fazer o vinho correr
quero só isso nem isso quero

Quero ajudar na rega do fim da tarde calcar os buracos das toupeiras
e dirigir com o sacho a água morna nos pés até aos regos do feijão
quero só isso nem isso quero

Quero em dezembro o varejo final da azeitona o búzio a tocar
a azeitona a cair dos ramos nos panos de serapilheira
quero só isso nem isso quero

Quero o meu pai de chapéu de chuva aberto nos dias de sol
o meu pai de manhãzinha a lavar-se e a explicar-nos latim e história
quero só isso nem isso quero

Quero nu em pelota entre todos tomar os banhos no marachão
os ninhos dos pássaros as andorinhas de asas escuras no céu azul
quero só isso nem isso quero

Quero o pátio da escola a roda das raparigas a cantar à volta do plátano
o primeiro sonho de amor as primeiras palavras gaguejadas trocadas com
uma rapariga
quero só isso nem isso quero

Quero as feridas nos pés para poder sair à rua descalço
o pão com conduto entre os meninos pobres no recreio
quero só isso nem isso quero

Quero ir ao vale barco a malaquejo à marmeleira
roubar melões jogar ao murro ver nas festas o fogo preso
quero só isso nem isso quero

Que quero tanto que quero um mundo ou nem tanto só agora reparo
quero morder para sempre a almofada quente e densa da terra
quero só isso nem isso quero

QUANDO JÁ PRINCIPIA A ANOITECER

Que é dos chícharos de flores azuladas que não voltei a ver?
Que é desse meu colchão de palha de milho
das cadeiras de pau na pedra do lar
do cheiro a rosas e a saias novas
na minha aldeia nas férias da páscoa?
Onde estão hoje os cerrados de milho já embandeirado?
Onde a repentina explosão daqueles botões brancos
da macieira recortados nos montes em frente
botões exuberantes como coisas que não tardam a morrer?
Onde essas ervas húmidas da minha intimidade
ilhas de raparigas que eu um dia descobrisse
por esses mares de rosas e de madressilvas
de inúmeras mulheres ardentes como tochas
que a mim me iluminavam e que dissipavam
a densidade e escuridão dos cedros
e não vejo vazar tão devagar como a maré
neste verão fechado em nevoeiros
de dias devassados pelo som da ronca?
Que é da tarde estendida nessa tua testa onde
a cada instante era possível o alvorecer das velas
como no mapa deste mar que tenho na parede?
Que foi feito de vós mulheres misteriosas
como estrelas do mar apetitosas de fundura e solidão
muitas vezes vivendo a alguns milhares de braças das baleias
que nos mares dos açores seguem os navios?

Por estas tardes geralmente limpas
num verão boquiaberto de neblinas matinais
quando sinto a frescura branca do lençol
e abandono um livro que me trouxe os dias da infância
onde encontrar no desdobrar do mar
ressonância remota e permanente
o corpo quente o cheiro penetrante
desses serões fechados de antigamente?
E o lume fugitivo dos olhares
e esses lábios rápidos e rentes
quando nas laranjeiras se notava o vento que soprava
e se multiplicava pelas suas numerosas folhas?
Que é da minha vida ao vento desse rosto
anterior à corrosão lenta dos corpos?
E o perfume inconfundível das manhãs
e os ninhos nessas rochas onde a vida se enovela
e assume a forma breve e quente dos pombos-torcazes
que se alimentam só das bagas do loiro?
E a madre imensa dessa minha adega
o ordenhar das cabras ao romper do sol e os
ovos alvos das aves nos seus ninhos e
a esteira das estrelas na maré
a âncora da esperança no meu peito
e o hálito vivo do vizinho mar?
E o chão da adega e as tulhas e rasoiras
e no meu quarto a arca de castanho
nobre e honrado lenho de castanho
lembro-me dela éramos do mesmo tamanho?
E aquela rapariga vestida de chita
na soleira da porta da loja da aldeia
a essa eu amei-a foi a primeira?
Os barcos secas árvores no mar do meu país

vogarão devagar na vaga vagarosa
ou nas marés mexidas por um vento de través?
E a sombra da criança sossegada e o
lenço cor de salmão na minha mão
e o condensado fogo de algum figo
no discurso das nuvens desse céu
nuvens que anunciavam as vidraças?
Que aconteceu? Nada talvez só este mar e eu
pássaro que procura já o ramo
este peso de pedra no meu peito
o favor do pavio no meu peito
essa mesa de mármore dos mortos
Não houve nada apenas
um vestido lilás episcopal
ao longo desses meses de separação
fazia mais esguia aquela mão
sentida no meu ombro num abraço
da minha despedida da cidade
na primeira metade do verão
maculada serpente mas imaculada
não só pelo seu nome como pela condição
esmagada no seu dedo anular
por uma maculada conceição
sebes de hortênsias verde-negras entre dia e dia
sombra que cai nos copos com o vinho
Nada somente estas nossas passadas desiguais
uma reviravolta de quadrante
que arrasta folhas mortas no outono
o meu passo pousado nalgum claustro abandonado
ou o furor ambulatório com que piso a
terra deixada da mulher amada
valsar a toda a volta desta tonta vida

cavalgar o cavalo saro que cavalga o ar
Nas árvores de maio o rubor das cerejas
grinaldas de gaivotas nas arribas
vinagreira que toma altura numa cerejeira
a codorniz pousada no restolho
vagar nos olhos avezados a pensar
as janelas vazadas sobre as águas
modificadas sempre pelo mar
os móveis onde moram mãos agora inertes de famílias
botecinhas de saxe polvilhadas já do pó
onde poisou a pluma da penumbra
guarda-roupas ainda com velhos vestidos pendurados
humidade mandada pelo mar
ao respirar fogoso dos asmáticos
as tardes demoradas dos passeios
Que ceda cada casa incida aceso
o sexto cesto cúmulo do custo
só retiro a cabeça das vidraças desta vida
Durmo cego no mais secreto mar
creio que ao longe já começa a anoitecer
não estou triste são só horas de jantar

A GUERRA COMEÇOU HÁ TRINTA E QUATRO ANOS

Enquanto nesta manhã tão calma tão horizontal tão lisa
que me apetece passar-lhe a mão pelo dorso certamente dócil
manhã sem nenhuma ruga na testa e com uma superfície total
que talvez se possa medir em quilómetros quadrados
manhã primeira parte de um dia que agora
depois de ter olhado o relógio sei ser o dia um de setembro
enquanto nesta manhã como aliás nas demais manhãs dos dias de praia
vou lendo atento o jornal e aqui sentado com o mar ao fundo sei
entre outras coisas que o navio-escola sagres voltou ao tejo
e que um soldado morreu como quase sempre por acidente em angola
e que há serras em chama no funchal chamas talvez destruindo
sítios porventura importantes na evolução da acção de um romance que
 ando a ler
de súbito sei e não só sei mas sinto com uma sensibilidade mais funda
que a guerra começou faz hoje trinta e quatro anos
Eu era então muito novo tão novo que sentia necessidade de me encostar
 à janela
e olhava talvez sem os ver os pauis que havia nas traseiras da casa
Não sei se fazia mais alguma coisa mas lembro-me que estava
junto à janela de costas voltadas para a penumbra e olhava os pauis
e esperava que a minha mãe se acabasse de arranjar para irmos todos
ao som de guizos e do trote do cavalo à feira de rio maior
onde nunca mais voltei mas sei que havia muitas barracas muitas pessoas
o gado todo a um lado e no meio do calor e do pó
sabia bem beber sofregamente o líquido gasoso de um pirolito

após uma leve pressão no berlinde de vidro que obstruía o gargalo da
garrafa
Devia sentir-me um pouco inquieto o soalho rangeria sob os passos
alguma coisa oscilaria na habitual monotonia da minha infância
quando ouvi dizer à minha mãe ou a alguém que o viera à pressa dizer
à minha mãe que a guerra tinha começado
Eu não devia saber nesse tempo muito de guerras mas havia ainda
gaseados da primeira grande guerra na minha pequena terra
lembrava-me da chegada precipitada de grupos de gente
fugida em grandes carroças da guerra de espanha
pressentia que muitas pessoas na guerra ficaram a morder para sempre a
terra
Na feira de rio maior donde o meu pai lembro-me sempre voltava
com cadeiras de madeira de choupo e cebolas para todo o ano
já os ardinas por entre a poeira apregoavam os jornais
repetindo os dizeres dos grossos títulos da primeira página
onde de uma maneira ou de outra se dizia que a guerra tinha começado
E no meio daquela poeira muita gente comprava o jornal e ficava
a saber por si que a guerra tinha começado e as circunstâncias
mais ou menos pormenorizadas em que tinha começado
Em grupos de gente aqui ou ali na terra de barro vermelho
falava-se alto de dantzig de varsóvia das diligências empreendidas pelas
chancelarias anglo-francesas
das seis cidades polacas nesse dia bombardeadas pela aviação alemã
Os dias depois começaram de novo a correr eu em casa do médico
seguia nos mapas o avanço das tropas alemãs
via na cidade inúmeros filmes ingleses americanos e franceses
assistia a conferências da alliance française e como no filme casablanca
cantava-se a marselhesa. Eu saía sozinho da sala
era noite na rua e então eu saboreava na boca as sílabas lentas
da vagarosa da vigorosa palavra liberdade
palavra perigosa por vezes proibida quase sempre mais ou menos discreta-
mente controlada

A comida faltava nesse tempo via-se bem que faltava
formavam-se compridas bichas à porta das lojas
o próprio pão era pouco na praia comíamos pão de batata vindo de
alfeizerão
Um dia alguma coisa no céu do tempo se modificou lembro-me que
apedrejaram na cidade a sapataria onde antes se distribuía
a propaganda nazi outra palavra pairava no ar
era a palavra paz palavra pequena e grande
Quase toda a gente da cidade saiu para as ruas
sem eu perceber porquê um homem a meu lado foi preso ao dar um viva
à rússia
a bandeira do consulado inglês ondulava ao vento entre as árvores
dançava-se nos largos até homens com homens dançavam havia
uma grande fogueira no quintal ao lado da casa onde eu estava
ficámos todos a falar longamente pela noite dentro
Faz hoje precisamente trinta e quatro anos que a guerra começou
a manhã de hoje é horizontal e lisa sem rugas na testa
o sol ilumina os seus muitos quilómetros quadrados de superfície
fecho o jornal e de súbito sem eu próprio saber bem porquê
sinto pena de que agora que a guerra acabou quase há vinte e oito anos
mais um soldado tenha morrido por acidente em angola

CANÇÃO DO CAVADOR

Não há cavador só do exterior
Desgastou-o a terra tornou-se terra
fechou-lhe a boca gretou-lhe a pele
não há cavador só do exterior

Não há cavador só do exterior
Da fome é a sua cor é tão pobre que não conhece o calor
a vida mirrou-o o senhor usou-o
não há cavador só do exterior

Não há cavador só do exterior
Fez um poço tão fundo que cabe lá dentro o mundo
a terra fez nele uma ferida e ele deixou a mulher parida
não há cavador só do exterior

Não há cavador só do exterior
Arroteou montes fez correr fontes
regos rugas na cara que o choro fura
não há cavador só do exterior

Não há cavador só do exterior
Ele a cuspir nas mãos e a cavar a chuva a cair o sol a queimar
em casa a mulher foi casar e fiar parir e chorar
não há cavador só do exterior

Não há cavador só do exterior
A terra deixou de dar teve de emigrar
e embora estar fora lhe doa a tudo ele se afeiçoa
não há cavador só do exterior

Não há cavador só do exterior
Cava tudo a eito arranca uma pedra tem uma pedra no peito
uma lasca de pedra num olho e é já de terra o seu corpo velho
não há cavador só do exterior

Não há cavador só do exterior
A enxada sobe a enxada desce e o campo de grão floresce
sai de casa quando o dia nasce volta quando a noite desce
não há cavador só do exterior

Não há cavador só do exterior
Há mãos suas na bandeira do milho na espuma roxa do vinho
passou-lhe até para o gosto o travo do mosto
não há cavador só do exterior

Não há cavador só do exterior
A courela dá a água a flor mas o cavador dá apenas dor
vem de volta da vida só traz uma enxada
não há cavador só do exterior

Não há cavador só do exterior
Só tem pele e osso deixou as palavras nos dias de moço
foi moço e foi forte mas entranhou-se-lhe no corpo a morte
não há cavador só do exterior

ESSE DIA NO MIRADOURO DA BOCA DO INFERNO

Éramos jovens gostávamos acima de tudo de coisas simples
éramos cerca de trinta rapazes e raparigas
algumas coisas começavam em nós talvez o dia
talvez a vida talvez desajeitados gestos de paz
Tínhamos ouvido vagamente falar da noite
onde um dia diziam se dissolveriam as linhas limites dos nossos vultos
Não havia muitas palavras nas nossas bocas mas no entanto
amávamos o mar a lisa e leve superfície do silêncio a simplicidade das mãos
certos corpos verdes e tensos onde às vezes pensamos que se situa a
        nascente da luz
a música da voz o brilho subitamente surpreendente nuns olhos
coisas acerca das quais alguém a nosso lado falava talvez de beleza
Sabíamos muitíssimo pouco é muito difícil saber tão pouco
mas víamos às vezes nuvens sobre as cabeças de algumas pessoas
havia momentos em que nós próprios sentíamos o peso de certas palavras
mas éramos jovens acima de tudo éramos jovialmente jovens
depressa secava o sangue porventura chamado à periferia da nossa pele
e seguíamos porque se é certo que quase nada sabíamos
no fundo duvidávamos de que fossem verdadeiras palavras
seriam possivelmente pedras conglomerados de sons onde o tempo teria
        cristalizado
coisas cobertas das vestes sombrias do medo tortuosas e tão complicadas
        como ideias
Nossa era a orquestra dos sonoros e suavíssimos instrumentos das manhãs
abertas como corolas no espaço alegre das nossas frontes nossa

era a convivência contente das flores bravias um momento despertas no
    descampado vasto dos nossos passos
Habitávamos todos no princípio de tudo onde todas as coisas se nimbam
    de novidade
e são naturais e não têm muito mais que a inocência de haverem nascido
e parecem pedir desculpa por um dia sobressair acima da terra
e ocupar certo espaço e estar representadas talvez por um nome nas rela-
    ções entre os homens
Opúnhamos ao tempo o peito e o vento vivia na vizinhança dos nossos
    gestos
não havia um passado muito para além do discreto relevo dos nossos ombros
dispúnhamos de um património facilmente inventariável de ideias
e repousávamos sobre a frágil certeza de que estávamos vivos
e éramos jovens e desenhávamos passos inaugurais no princípio do mundo
e até o mar devia saber alguma coisa de nós
porque o mar parece também ser jovem e começar cada dia a sua vida
    surpreendente
Éramos cerca de trinta havia trinta perfis na madrugada do mundo
bastava multiplicar por trinta e era assim muito fácil chegar até nós
e depois era tudo tão simples como principiar
O espaço da nossa amizade dava para as amplas areias desertas
era junto do mar que nos sentíamos tão à vontade como o vento
lá onde a alegria e a música jamais podem perturbar a harmonia familiar
ou infringir o último parágrafo das leis da cidade interpretadas mesmo
    no mais estrito sentido
Não teríamos mais que a nossa alegria a nossa amizade e a juventude
e éramos alegres amigos e jovens como quem é rico ou dispõe do bastão
    nodoso da autoridade
ou tem a erudição inerente a quem esteve presente à inauguração de muitas
    manhãs
Esse dia conversámos dançámos tomámos coca-cola e cerveja
conversar dançar beber coca-cola e cerveja era essa noite a maneira de
    sermos alegres amigos e jovens

era sermos do tamanho desses momentos em que o tempo roda e parece quase parar
A sombra desceu sobre as salas e a nossa amizade era branca como a manhã
estávamos de pé caminhávamos havia na noite o mar
o mar não era agente da ordem senhora solteira e sozinha gente bem pensante o mar
não tinha boas maneiras é sempre um grande desajeitado
surgiu na noite na nossa amizade chegou até nós na elevada estatura daquela onda
levou seis de nós éramos cerca de trinta jovens alegres
um abraço entre nós tinha um tamanho maior que uma sala maior que uma rua e agora
o tamanho de um abraço entre nós é bastante menor talvez possa caber
numa sala numa rua qualquer da cidade num parágrafo em corpo seis de alguma lei
num artigo do estatuto dos bombeiros voluntários de qualquer vila
na vida pequena de gente bem pensante onde haverá a família a farda o domingo
onde sobressai a grande aventura do beijo na face rechonchuda e corada
da continência rasgada do rito escrupulosamente catalogado e previsto
antes orçamentado e autorizado já através de diversos despachos
Éramos cerca de trinta contávamos pois com cerca de trinta
não contávamos era com a expansiva talvez indiscreta amizade do mar

TRÊS OU QUATRO CRIANÇAS

Mais ou menos aqui havia há pouco umas crianças
três ou quatro crianças mais ou menos ali
Devia haver crianças há este sítio do sol
aqui onde o vento vitima às vezes o verão
e crianças no verão no montículo aqui
crianças que o vento vitima
minhas vítimas virtuais outras vezes
vítimas agora dos meus olhos que agora as não vêem
crianças em crise polvilhadas de pó
puro pó ao vento revolto um momento
crianças que um só pensamento pode levar
crianças que se definem pelo crescimento
que no contentamento por vezes de todo se contêm
crianças canas que vergam leves ao vento
do instante crianças que ora aqui se concentram
ora se erguem ali sempre alheias a si
crianças quase sem peso quase até sem pés
oscilando nas hastes ao vento
como por encanto por vezes envoltas no seu manto
crianças coisas quase apenas pensadas
coisas das quais se duvida às vezes
que a gente quase não sabe se são ou não são
que ora nos parece que são ora que não são
que são vivas vítimas talvez da dúvida
crianças pouco mais do que dúvidas

que estavam que não estão aqui
que mesmo quando aqui estavam não estavam aqui
que quando muito podem talvez ter aqui estado
ao vento dentro deste verão
crianças coisas que voam coisas que se evolam
aves de olhos leves três ou quatro vozes
três ou quatro notas do tempo do vento
crianças três ou quatro momentos ao todo
três ou quatro casas ao vento
casas ao alto erguidas e logo caídas
casas caídas caiadas
três ou quatro nadas
canas vistas vergar há pouco nas frágeis vidas
agora fugidas da minha vista
três ou quatro crianças absortas nas suas vidas
cada uma bem pouco três
ou quatro crianças três ou quatro vezes a vida
Há aqui este cabeço estavam estariam aqui
três ou quatro que havia três ou quatro que eu via que ouvia
coisas que eu vi que talvez tenha visto
pouco mais que um gesto
pouco mais que um instante neste mês de agosto
já não sei se as vi já não sei se as não vi
haveria umas crianças mais ou menos aqui

TU ESTÁS AQUI

Estás aqui comigo à sombra do sol
escrevo e oiço certos ruídos domésticos
e a luz chega-me humildemente pela janela
e dói-me um braço e sei que sou o pior aspecto do que sou
Estás aqui comigo e sou sumamente quotidiano
e tudo o que faço ou sinto como que me veste de um pijama
que uso para ser também isto este bicho
de hábitos manias segredos defeitos quase todos desfeitos
quando depois lá fora na vida profissional ou social só sou um nome e
        sabem o que sei o
que faço ou então sou eu que julgo que o sabem
e sou amável selecciono cuidadosamente os gestos e escolho as palavras
e sei que afinal posso ser isso talvez porque aqui sentado dentro de casa
        sou outra coisa
esta coisa que escreve e tem uma nódoa na camisa e só tem de exterior
a manifestação desta dor neste braço que afecta tudo o que faço
bem entendido o que faço com este braço
Estás aqui comigo e à volta são as paredes
e posso passar de sala para sala a pensar noutra coisa
e dizer aqui é a sala de estar aqui é o quarto aqui é a casa de banho
e no fundo escolher cada uma das divisões segundo o que tenho a fazer
Estás aqui comigo e sei que só sou este corpo castigado
passado nas pernas de sala em sala. Sou só estas salas estas paredes
esta profunda vergonha de o ser e não ser apenas a outra coisa
essa coisa que sou na estrada onde não estou à sombra do sol

Estás aqui e sinto-me absolutamente indefeso
diante dos dias. Que ninguém conheça este meu nome
este meu verdadeiro nome depois talvez encoberto noutro
nome embora no mesmo nome este nome
de terra de dor de paredes este nome doméstico
Afinal fui isto nada mais do que isto
as outras coisas que fiz fi-las para não ser isto ou dissimular isto
a que somente não chamo merda porque ao nascer me deram outro
nome que não merda
e em princípio o nome de cada coisa serve para distinguir umas coisas das
outras coisas
Estás aqui comigo e tenho pena acredita de ser só isto
pena até mesmo de dizer que sou só isto como se fosse também outra coisa
uma coisa para além disto que não isto
Estás aqui comigo deixa-te estar aqui comigo
é das tuas mãos que saem alguns destes ruídos domésticos
mas até nos teus gestos domésticos tu és mais que os teus gestos domésticos
tu és em cada gesto todos os teus gestos
e neste momento eu sei eu sinto ao certo o que significam certas palavras
como a palavra paz
Deixa-te estar aqui perdoa que o tempo te fique na face na forma de rugas
perdoa pagares tão alto preço por estar aqui
perdoa eu revelar que há muito pagas tão alto preço por estar aqui
prossegue nos gestos não pares procura permanecer sempre presente
deixa docemente desvanecerem-se um por um os dias
e eu saber que aqui estás de maneira a poder dizer
sou isto é certo mas sei que tu estás aqui

AO LAVAR DOS DENTES

A meio da tarde não sei porquê quando mais cadeiras se arrastam nos
ladrilhos
e há mais pessoas no pequeno café isolado na vizinhança do mar
e eu a bem dizer já não sei que fazer das minhas duas mãos
e dou graças a deus por serem não mais que duas porque senão
é que não saberia mesmo o que fazer das mãos que tivesse
mais ou menos a meio da tarde quando a dois passos já há um centro
de sombra e
há a minha pena de que haja vento e haja muitos dias à sombra
talvez por me faltar já a segurança do sol pouco antes imóvel
pairando no alto sobre a cal calma das casas sobre as folhas mais largas
dos plátanos
reúno os papéis dispersos na mesa pago os cafés diversos que fui tomando
e dirijo-me com um profundo encolher dos ombros apressadamente
para casa
A penumbra interior da casa o facto de a essa hora não haver ninguém em
casa
a convicção de que o sol já deve ter dado a volta e uma sombra redonda
rodeará a mesa junto à janela onde costumo escrever
a incidência muito particular da luz a meio da tarde eis aí outros
tantos factores susceptíveis de explicar pelo menos em parte
ou pelo menos na medida em que uma coisa se pode explicar
que eu caminhe para casa e pense que me devo sentir então bem em casa
Gosto de entrar e de mal entrar logo começar a lavar os dentes
e de os lavar como se ao lavá-los eu lavasse mais do que os dentes

ou fizesse outra coisa que não lavá-los pensando talvez numa coisa
qualquer que não existirá não só para além do espelho que tenho na frente
como nem sequer na vida que outrora também tinha quase toda na frente
e agora se perde quase toda nas minhas costas como coisa que nunca vivi
ou não é visível no espelho ou pelo menos não vejo no espelho
porque a verdade é que nem mesmo vejo o espelho e só daria bem pelo
espelho
no momento em que o tirassem e fosse tarde de mais para eu dar bem
por ele
As coisas em que penso não existirão muitas vezes talvez a não ser
no meu pensamento ou então o meu pensamento modifica-as dá-lhes
possivelmente
uma forma diferente da que têm ou terão na realidade como por exemplo
aquela mulher que há tanto tempo amei que nem mesmo sei bem se a amei
e que a noite passada enquanto eu dormia e vivia essa vida intermédia dos
sonhos
emergiu de repente sem mais nem menos como uma mulher irresistível
para mim
para mais manietado pelo sono da superfície aquática do sonho
e sobressaiu entre as demais coisas porventura mais ou menos sonhadas
e deixou uma esteira indelével e nítida na minha memória como um
apelo cavo e prolongado mesmo depois de eu ter acordado esteira só dispersa
a meia manhã
quando já outras pessoas e outros apelos quase por completo ocupavam
o território movimentado e confuso como uma feira da minha vida
da única vida que vivo e não é mais que estas coisas que faço
ao longo do dia nos campos no café ou principalmente aqui em casa
onde agora lavo os dentes como se nunca antes tivesse lavado os dentes
Lavo os dentes e descubro imensas coisas enquanto os lavo e decerto
lavaria muitas vezes os dentes ao dia se antecipadamente soubesse que
descobriria
tantas coisas como agora descubro e não são os dentes nem as gengivas
nem qualquer destas coisas das quais aliás falo só por falar

através de palavras que deito para trás das costas como a vida que vivi
e se perderão para mim exactamente como essa vida palavras que nem
mesmo conseguirei
ver no espelho onde aliás nada vejo a não ser as gengivas e os dentes
e a boca aberta de um homem que lava contente os dentes
ou pelo menos os lava como uma forma de estar à tarde sozinho em casa
e se sente bem sozinho e gosta moderadamente de estar em casa
pelo menos porque assim não está no café onde a essa hora
há mais pessoas e há o ruído de muitas cadeiras e onde se então estivesse
o mais certo seria sentir o desejo de se levantar e ir para casa
talvez porque já não sabe o que há-de fazer das mãos
ou porque o sol deu a volta à casa e deixou na sombra e no silêncio da tarde
a mesa redonda junto à janela onde costuma escrever
como se porventura escrever fosse mais alguma coisa do que escrever
ou porque pode lavar os dentes com a convicção estritamente suficiente
para lavar os dentes num gesto curto do braço curvo
em casa à tarde sozinho com uma tarde não sabe bem porquê
um pouco mais lá fora nos campos que ali dentro de casa
com a maior parte da vida já atrás das costas
com um certo número de palavras como a vida deitadas para trás das costas
e deitar palavras para trás das costas fosse alguma coisa como semear
meter em andamento através do campo lavrado a mão na serapilheira
dependurada do ombro esquerdo tirar ritmadamente um punhado de
semente
e espalhar a semente ao vento nos sulcos antes abertos pela charrua
como se deitar palavras para trás das costas que é afinal o gesto de quem
escreve
fosse pelo menos lavar os dentes. Não queiram saber quem sou
ou se porventura alguém por curiosidade ou forma de passar o tempo
quiser alguma vez saber quem sou que veja como lavo os dentes
e que estou tanto nessa lavagem dos dentes como toda a pessoa que lava
os dentes
sozinha em casa a uma certa hora da tarde na casa em sombra

COMO SE ESTIVESSE EM AGOSTO

Estou todo no mês de agosto
Estou escarranchado no lombo nutrido de agosto
sentado à mesa de um café envolto no manto de múltiplas vozes
olhando pela janela uma toalha de mar e a terra ao fundo
debaixo do céu azul e branco do sol e do vento
café e vozes céu terra e mar tudo coisas talvez de agosto
objectos que o deus deste mês se porventura dada a fartura houver também
        um deus para os meses
utiliza para que assim toda a gente possa falar univocamente de agosto
e agosto não seja o nome frio dos números
mas seja um tempo e a orla da água que banha os pés desse tempo
e as coisas que existem na mão aberta desse tempo
Agosto não é o oitavo mês do ano
as férias há muito previstas e marcadas o sítio
de certos rostos por um instante resplandecentes mas cedo bebidos pelo
        esquecimento
talvez para o ano vindos na vaga de um novo mês de agosto
Agosto são muitos jornais vagarosamente lidos
de páginas uma a uma passadas como os trinta e um dias deste mês
agosto é o espaço do pensamento da boca boquiaberta
do sol outra vez usado como o único relógio de pulso
Agosto é o regresso dos emigrantes o mês da morte na estrada dos emigrantes
de uns homens que antes eram portugueses e hoje são emigrantes
e voltam a estas paragens como as aves às terras serenas e avaras do norte
Agosto é a estrada estreita que o mar enfia nos campos

como faca que fura sebes de canas campos de couves
e ensombra ainda um pouco mais a sombra de certas árvores
Agosto é eu estar aqui é trazer as mangas arregaçadas
é envelhecer ao sol na dispersão distraída de determinados gestos
é saber que estou de momento separado de secretárias com muitos problemas em suspenso
que me sento numa pedra e oiço uma música e reconheço a minha forma mais frequente de me sentir vivo
embora depois complique o que sinto e diga talvez que me sinto feliz
Por vezes agosto é o nevoeiro essa espessura de certa maneira branca
que me faz pensar que penso e achar que há uma certa profundidade no que por vezes penso
nevoeiro que mora um tempo na minha cabeça e depois
desce até às páginas do livro que leio de maneira diferente
dos livros que leio nos outros meses do ano
Agosto não é a pura palavra não é determinada designação para um tempo
onde cada uma destas coisas anualmente se encontra comigo
Agosto são talvez estas palavras todas onde me perco onde procuro pôr os meus passos
onde afinal penso que permaneço um pouco mais do que no frágil edifício dos dias
Não escrevo neste domingo de agosto onde já houve sinos
e há gestos diferentes dos mesmos gestos que fazemos nos outros dias
Estou um pouco nestas palavras na própria
palavra agosto que ponho sobre o papel
e que embora aponte para agosto não é esse mês de agosto
Estou em agosto estou um pouco em agosto

HÁ DOMINGOS ASSIM

Há domingos em que o nevoeiro poisa múltiplos pés miúdos no mar
e os múltiplos pés miúdos que poisa já de si no mar
se vão ainda desvanecendo multiplicando minuto a minuto
e o nevoeiro é uma vasta mão no mar e algumas casas brancas da vila ao
longe cada vez mais longe
que há pouco na névoa eram ainda mais brancas alvejavam visivelmente mais
se perdem também agora na imensa superfície indecisa levemente móvel
infinitamente divisível boiando no espaço dissolvendo tudo até mesmo o
mar
Não há muito ainda se viam homens simplificados em vultos jogando
talvez ao chinquilho junto do forte
havia o ruído da ronca agora estou só aqui nesta ponta de terra
nesta ponta de tudo com os pés nesta desmedida vontade de partir
mas não para aqui ou para ali nem para paisagens sabidas saídas das páginas
de romances
perdidos nos dias da infância nem para cidades distantes onde vivi talvez
e oiça vozes de amigos
e devo ter-me alguns dias sentido bem respirar mais fundo num ou
noutro local
partir não para aqui ou para ali mas apenas partir afastar-me daqui
sentir-me ir estando mais longe cada vez daqui sem chegar a sítio nenhum
caminhar descoberto ao longo dos primeiros caminhos da chuva
Havia aqui roupa estendida havia aqui crianças completamente absortas
nas suas vidas
detentoras de um nome ou que quando eu dizia alto um nome logo nasciam

e eram coisas perto de mim coisas muito rentes coisas mesmo à mão
Havia uma casa perto da praia a que eu às vezes chamava minha
onde eu dormia onde eu espalhava ou espargia os meus inúmeros papéis
    escritos
e quando eu dizia a minha casa ela como que logo sobressaía
e tinha várias divisões coisas em certos sítios alguns truques determinados
    segredos
Havia há pouco ainda lixo à porta agora há apenas a imensidade imersa
    no nevoeiro
há eu estar aqui desamparado na ponta da terra na ponta de tudo
como se porventura um dia eu houvesse perdido alguma coisa
ou fosse por estradas de muitas curvas por onde ainda não há muito
    eu trazia mulheres pela mão
ou algum amigo me vinha no timbre inconfundível da sua voz
Sei então que o sítio das minhas coisas é rente a árvores de muitas folhas
    amareladas
algumas delas caídas imitando alguns dos quadros de seurat quadros do
    pointillisme
é perto de certas vozes ouvidas a medo em lugares ermos e verdes minhas
    voces intimae
dotadas decerto da timidez das coisas que principiam mas agora ainda
audíveis nalgumas palavras em frases entoadas de certa forma que de
    repente
evocadas me fazem chegar o mar longe agora mas não o mar essa coisa do
    verão
quando um gesto de mão o alisa e ele tem o brilho do dorso das sardinhas
mas o mar visível de súbito de um lado e doutro do cabo carvoeiro no
    nevoeiro mas um nevoeiro
então muito leve nevoeiro apenas bastante para esfumar alguns contornos
e deixar o sol rasante da tarde ferir-nos atingir-nos cá muito fundo
como as últimas flechas do dia condenado disparadas talvez pelo mar
Olho alguns domingos o mar e mesmo que o olhe talvez através de vidros
    decapitado por uma janela

reparo num ligeiro sobressalto da sua superfície supremamente sensível
e penso que valeu afinal a pena eu ter nascido ser mexido e trazido até aqui
porque pressinto que o mar é um pouco diferente só pelo facto de eu o olhar
O nevoeiro nesses domingos é como um vasto lençol no qual eu recorto
coisas extintas há muito
algumas figuras baixas pouco mais altas que a solidão de setembro
que a surpreendente surpresa de certas tardes com que setembro passa por
nós e nos olha
algumas figuras passadas ou imaginadas todas elas breves como manhãs
ou como a idade da morte de certos poetas por certo os poetas mais certos
e o mar é humano e o seu rosto ao alto é redondo como uma baía
e ele tem gestos trejeitos só de crianças gestos e trejeitos depois idos perdidos
com a infância
tem uma voz bastante recôndita e ao longe há lumes ou luzes colunas de
fogo ao vento
o mínimo de fogo para eu ver que há vento e ele ser como vento no vento
pedir como que desculpa por soprar que é afinal a sua maneira de ser
Certos domingos abrem-se logo bastante cedo como areais e pensamos
que o domingo é o dia do espaço e movemo-nos nele devagar
evitando os menores ruídos dissimulando os próprios passos nos areais
onde às vezes de súbito ao pegar por exemplo na cozinha
numa caneca de barro do bombarral com uma pintinha central azul
e cinco pintas brancas em volta cinco pintas talvez cinco pétalas
sentimos a súbita falta de alguém talvez uma mãe alguma mulher
um simples ombro dissimulada colina no areal que o vento varre
e ocupa como um espaço amplo onde instintivamente respiramos fundo
olhamos sempre para longe mesmo coisas perto como se olhássemos do
alto de miradouros
e pensamos com uma largueza onde há gestos rasgados e generosos
e tudo é naturalmente horizontal sem coisas nenhumas por trás de coisas
Sim há domingos que nos fazem pensar que há domingos
e não porque haja sinos mais ou menos gente fatos coloridos e novos

mas talvez porque há sol ou toldos ou vultos leves toldados
coisas que nos levam a ser de uma forma ligeiramente diferente
só por ser domingo e pensarmos que esse dia é domingo
Nesses domingos quando recolho a roupa e procuro a penumbra da casa
e não sei de cidades nem do ruído nem de repente profundamente em
mim nasce
o pavor de assuntos a resolver ter de entrar em casas com muitos homens
e secretárias

e muitos relógios muitos telefones terraços com plantas e cadeiras de ferro
não para alguém se sentar mas só para ver através de largas portas envi-
draçadas
nesses domingos dias diferentes dos outros dias talvez só por serem
domingos
leio deitado umas poucas palavras do punho de alguma mulher amada
e essas palavras recolho-as nalgum lugar que há em mim reservado
para a doçura
um lugar lugar que há em mim para elas. São muito poucas palavras
caberiam nalgum pequeno postal mas esse postal encheria uma pasta
dilataria visivelmente a pasta mais espaçosa onde eu por acaso o levasse
e a pasta então pesaria chamaria a atenção das pessoas mas o meu pavor
passaria
estaria em paz com a vida puxaria sobre mim o lençol pensaria que a paz
é branca e nos pode um dia cobrir para sempre como um branco lençol
não pensaria sequer por palavras ficaria apenas de costas deitado
com os olhos abertos sem nada ver sentindo-me imensamente bem
como se a vida fosse sentir-me sempre assim bem permanecer imóvel
assim
sem palavras mesmo roladas na boca dolorosamente libertas do tempo
sem quase pensar em nada sem sequer saber que me sinto bem
como mero ser vivo como essas árvores onde muitas folhas findo o
inverno se reúnem anualmente

e depois ou caem ou tremem ou nos fazem sentir que certas coisas acabam
e que as vozes alheias que se levantam em nós como um apelo como um
    princípio
emudecem também talvez um domingo ao lado das poucas palavras amadas
onde tudo notamos até a menor mais perfeita correcção de uma letra
sem sentir que nem sempre havemos de ter abertos os olhos assim
como uma forma de vida que é discreto silêncio ou paz ou alvo lençol
Sim há domingos assim e nada nem mesmo a noite nem mesmo
a noite que sabemos decerto haver por detrás da noite nos há-de velar
    domingos assim

UMA FORMA DE ME DESPEDIR

Há o mar há a mulher
quer um quer o outro me chegam em acessíveis baías
abertas talvez no adro amplo das tardes dos domingos
Oiço chamar mas não de uma forma qualquer
chamar mas de uma certa maneira
talvez um apelo ou uma presença ou um sofrimento
Ora eu que no fundo
apesar das muitas palavras vindas nas muitas páginas dos dicionários
bem vistas as coisas disponho somente de duas palavras
desde a primeira manhã do mundo
para nomear só duas coisas
apenas preciso de as atribuir
Não sei se gosto mais do mar
se gosto mais da mulher
Sei que gosto do mar sei que gosto da mulher
e quando digo o mar a mulher
não digo mar ou mulher só por dizer
Ao dizer o mar a mulher
há penso eu um certo tom na minha voz sinto um certo travo na boca
que mostram que mais que palavras usadas para falar
dizer como eu digo a mulher o mar
mar mulher assim ditos
são uma maneira talvez de gostar
e a consciência de que se gosta

e um prazer em o dizer
um gosto afinal em gostar
Enfim o mar a mulher
pode num dos casos ser a/mar a mulher
mera forma talvez de uniformizar o artigo
definido do singular
Há ondas no mar
o mar rebenta em ondas espraiadas nos compridos cabelos da mulher
que ela faz ondular melhor de tarde em tarde
no mês de setembro nas marés vivas
O melhor da mulher talvez o olhar
é para mim o mar da mulher
e à mulher que um só dia encontro na vida
de passagem um simples momento num sítio qualquer
talvez a muitos quilómetros do mar
mas mulher que não mais consigo esquecer
mesmo imerso na dor ou submerso em cuidados
a essa mulher qualquer
eu chamo mulher do mar
Nos fins de setembro quando eu partir
de uma cidade seja ela qual for
quando eu pressentir que alguém morre
que alguma coisa fica para sempre nos dias
e ou nuns olhos ou numa água
num pouco de água ou em muita água
onda do mar lágrima ou brilho do olhar
eu recear seriamente vir-me a submergir
direi alto ou baixo conforme puder
com a boca toda ou já a custar-me a engolir
as palavras mar ou mulher
com certo vagar e cada vez mais devagar

mulher mar
depois quase já só a pensar
o mar a mulher
Não sei mas será
talvez mais que outra coisa qualquer
uma forma de me despedir

COMO QUEM ESCREVE COM SENTIMENTOS

Estou sujeito ao tempo sou este momento
perguntam-me quem fui e permaneço mudo
o tempo poisa-me nos ombros em relento
partiu no vento essa mulher e perdi tudo

Já não virá ninguém por muito que vier
em vão esperei a rosa da minha roseira
quando um pássaro sai dos olhos da mulher
é porque ela é de longe e não da nossa beira

Resta-me um sonho desconexo e desconforme
Na haste da camélia que o vento quebrou
jamais a vida branca como ela dorme
Eu era essa camélia e nunca mais o sou

A minha vida é hoje um sítio de silêncio
a própria dor se estreme é dor emudecida
que não me traga cá notícias nenhum núncio
porque o silêncio é o sinónimo da vida

O mundo para além dessa mulher sobrava
tudo vida vulgar tumultuária e cega
o brilho do olhar equilibrava a chuva
nas suas costas hoje toda a luz se apaga

Mulher que um golpe de ar me pôde arrebatar
enfim não existia ou só ela existia
Asas que ela tivesse deixou-as queimar
e tê-la-á levado estranha ventania

Daqueles traços fisionómicos de pedra
não quero já ouvir a voz que às vezes vem
na calma destacada por um cão que ladra
Não há ninguém perto de mim sinto-me bem

Cada casa que roço é escura como um poço
se sou alguma coisa sou-o sem saber
sossego solitário sem mistério isso
talvez tivesse sido o que sempre quis ser

As flores vinham nela e era primavera
mas tanto a nomeei e tanto repeti
erros numa estratégia imprópria para ela
tamanho amor expus que cedo a consumi

A noite quando ao fim descer decerto há-de
ser certa solução. Foi há muito a infância
Ao tempo o que tu tens tu bem o sabes cede
estendo as mãos talvez te fique a inocência

A vida é uma coisa a que me habituei
adeus susto e absurdo e sobressalto e espanto
A infância é uma insignificância eu sei
e apenas por a ter perdido a amamos tanto

Estou sozinho e então converso com a noite
das palavras que nos subjugam nos submetem

As coisas passam e em vez delas é aceite
o nosso sistema de signos onde as metem

Esta minha existência assim crepuscular
devida àquela que é rastos destroços restos
acusa hoje alguma intriga consular
de quem não tem cabeça a comandar os gestos

Foi uma rosa rubra a autora desta obra
aberta e arrogante grácil flor do instante
que triunfante não há coisa que não abra
para ferir quem a viu e morrer de repente

E noite sou e sonho e dor e desespero
mero ser sórdido e ardido e encardido
mas já não tarda a abrir-se na manhã que espero
um arco com vitrais aos vendavais vedado

E embora a minha fome tenha o nome dela
e da água bebida na face passada
não peço nada à vida que a vida era ela
e que sei eu da vida sei menos que nada

SIM UM DIA DECERTO

Um dia não terei ninguém nunca tive ninguém
não saberei destes dias de nevoeiro no verão
quando as pessoas no ar se recortam rígidas nas silhuetas
nuvens de névoa tornam indeciso o horizonte
e a neblina nitidamente naufraga nas águas do mar
Um dia fecharei a porta deixarei de ver as canas vencidas ao vento
de verão quando a memória nos leva para muito longe
e há coisas abandonadas nas dunas das praias desertas
raparigas incendiadas devoradas pela chama dos olhos
pelo apelo generalizado do corpo à minuciosa sondagem de recônditas
        regiões de um campo deveras magnético
raparigas que de súbito me tornam trôpego me obrigam até a tropeçar
me levam a passar a mão pela testa e a saborear nos lábios e na língua
o fundado receio de endoidecer agradavelmente de um momento para o
        outro
Um dia a dança dos átomos nas minhas células vivas
obedecerá fielmente ao movimento lento da terra das estrelas dos mundos
        astrais
às sumamente secretas segregações dos mais ignotos e insignificantes orga-
        nismos responsáveis pelo equilíbrio do mundo
Um dia entre desordenados papéis cheios de rabiscos e velhas cartas de
        pende
deixarei decerto de me encontrar sujeito ao perigo suspenso das dege-
        nerações malignas
como animais de olhos baixos aos quais se extraiu a hipófise

Um dia andarei perdido lá muito longe e olharei para longe
por cima das coisas próximas e do semicerrado mundo de então
e fitarei sem dúvida com os olhos vazados das estátuas antigas
anteriores ao início da decadência da escultura clássica
pessoas e dias absolutamente incapazes de nublar mesmo ao de leve esse
longo e dissoluto olhar
Um dia sentirei ou pressentirei os pulsos ligados pelo aço dos anos
ficarei horas e horas com a última perna cruzada pacificamente sentado
com a face amadurecida de luz ou corroída pela escuridão
sereno como uma superfície com a cara coberta de barba sozinho na terra
Um dia talvez eu volte a castigar severamente os estímulos desordenados
ou exagerados
e sublime a renúncia ao longo dos estritos e estreitos carris da ciência
médica
Um dia conhecerei o número que liga os homens aos astros os astros aos
homens
sairei somente com mulheres intelectivas de período médio
nas altas fases positivas do humor distante da menstruação
e pelo quarto crescente terei um cuidado constante com a tuberculose
Terei então esquecido o mais directo sentido das palavras
terei perdido a memória terei perdido tudo
não saberei nem de mim olharei para as velhas mãos como alheias
verei passar velozes as aves sem as relacionar com nada
sem recordar que inúmeras vezes hei-de ter visto aves passar
repousarei de um cansaço que terá cerca de duzentos mil anos
do desgaste dos dois mil defeitos que actualmente afectam a espécie humana
da dolorosa destruição minando as nascentes do meu ser
ameaçado além disso pela mutação pela evolução pela selecção
Se eu nascesse amanhã nasceria decerto num tubo de ensaio
não produziria a mácula do pejo na haste frágil da mulher
evitaria assim talvez alguma gravidez afrontosa qualquer sinuosa suja sujeição
sombra sobrecarregada no céu sem nuvens da beleza

Eu amanhã seria certamente trazido por algum óvulo seleccionado
procuraria não ondular no múrmuro mar da hereditariedade
desenvolver-me-ia decerto com o esplendor sempre frondoso das árvores
Mas mesmo assim um dia serei habitante de um céu sabiamente sereno
caminharei na intimidade descuidada e volátil dos pássaros
saberei talvez onde se cava a cava caverna das tempestades
O vento voraz terá andado de roda virá nessa altura do lado do mar
terá vindimado com a cumplicidade do nevoeiro as últimas ilhas
e após haver insinuado o mais elementar movimento nas bandeiras mais levianas
estará de volta poderei vê-lo de todo amansado reconduzido às bocas sonoras silvestres do mar
bocarras porventura escancaradas às vezes em esgares levemente soezes
Será para mim mais ou menos indiferente reparar que me vou submergindo lentamente nalguma baía
numa baía inocente cingida de areia assente nos rudes contrafortes da terra
à hora do meio-dia quando o antigo som dos sinos soar nos recantos recônditos da memória
e a ermida minimamente alvejar para além de uma solidão de cipreste
amparando no ombro a cabeça da mais mastigada devoção de meigas mulheres
envoltas nas pesadíssimas revoadas das pontas de lenços pretos
sobre azulejos antigos imersos em sombra onde talvez se situe o sopé do monte sião
e a aurora inauguradora de muitas manhãs pode explodir de súbito como comunidades de rosas de jericó
entre altivos outeiros das oliveiras que cismam densas e verdes nas suas ciosas copas
dispersas distanciadas nas alterosas ondas do mar alto dos campos
onde a implantação inteligente de palmeiras e cedros exalta países árabes como o líbano
países então definitivamente libertos da opressora pedra da imperial nação de israel

Não me importará por aí além flutuar para sempre nos braços brancos
da água
a minha mãe será então da idade da terra ter-se-á extinguido talvez a tocha
a arder das mulheres
a tristeza não passará de coisa esquecida entre o pão e as moscas em cima
de alguma mesa
e o múltiplo mar estará calmo como a sabedoria senil de certos olhares
Verei então as aves passar continuar interminavelmente a passar
parecerem todas elas a mesma ave parecerem uma só ave que vai passando
sem me lembrar que as aves pelo menos as aves têm uma teimosa tendên-
cia para passar
sem saber que as aves são aves são rigorosamente aves
o que diga-se de passagem lhes limita e tira um pouco a liberdade
Um dia então receoso dos tão falados espasmos a nível entérico
cuidadosamente escolherei apenas pressões e temperaturas baixas
conservar-me-ei atento às mínimas flutuações de produção da hormona
cortical
e por isso passadas as oito horas da manhã jamais tomarei cortisona
embora por esse tempo seja provável que se dissolva o ritmo quotidiano
Um dia sim nesse dia fixarei os olhos nos olhos dos girassóis
terei à minha disposição nada menos que três mil horas de sol por ano
dirão talvez então que sou um incorrigível homem do sul
Um dia sim nesse dia não saberei escrever não temerei nem desejarei nada
coçarei devagar o pé que me dói descruzarei a perna dormente
não pensarei que será tarde demasiado tarde
que aliás desde o princípio foi sempre demasiado tarde
Um dia então sim tão imerso andarei nas dobras algodoadas dos dias
baterei tanto com a cabeça nos inúmeros marcos divisórios dos tempos
que nem sequer cismarei que podia ter sido talvez outra pessoa ter feito
outros gestos
ter aprendido algum dia a viver a estar à vontade na vida
a ser como alguém que desempenha um cargo e faz só as coisas que con-
dizem com esse cargo

e não pensa que pode haver outras coisas que não sejam as coisas desse
cargo
Nenhuma pessoa nenhuma coisa seja qual for me fará falta
estarei todo eu no olhar com que olharei cabanas isoladas nas dunas
talvez em quintas de acesso difícil junto à fronteira
em casas desconhecidas dispersas no meio dos bosques
ou simplesmente na costa brava nos refúgios antes preferidos pelos ex-nazis
Sim um dia decerto será assim ou mais ou menos assim
e nem saberei mesmo que um dia distante
sem saber porquê achei provável que um dia decerto fosse assim mais ou
menos assim

UMA ÁRVORE NA MINHA VIDA

Não sei um dia mas alguma coisa me doía
ou talvez não doesse mas havia fosse o que fosse
Era isso sentia a grande falta de uma árvore
e pensei plantar em seguida uma árvore na minha vida
uma árvore ouvida sempre que me sentisse só
e mostrasse ela só na face a compreensão que mais ninguém mostrasse
mesmo que não me queixasse fosse por pudor ou fosse pelo que fosse
Era mesmo uma árvore que me faltava
precisava de sombra mais do que vivia eu envelhecia
não dispunha da companhia de ninguém
e far-me-ia decerto bem conhecer gente nova
gente que se renova no alto de um tronco forte
que não sabe da morte que floresce ou sorri
Mulher nenhuma vi tudo à minha volta
eu tinha a cabeça de todo envolta numa última manhã
sabia que sempre seria vã porque até aí sempre o fora
a promessa dessa virgem loura completamente absorta em florir
em ser alta sorrir caminhar pela estrada
Fora uma pessoa despreocupada ao longo de toda
a vida um dia porém conheci a mulher alada
por charlie chaplin somente em the freak conhecida e transfigurada
conheci-a e desde esse dia nunca mais fui nada
Fora bem feito deixar-me vencer pela hidra
sentir essa pedra pesada no peito
essa arquitectura que tudo devora mas tudo inaugura

mulher tensa fechada como o é a pedra
Ajoelhei na terra senti-me chorar
a noite desceu e quando o dia nasceu
havia uma pedra mais sobre a terra
Cabelos compridos da cor dos montes
alvos ouvidos olhos rasgados como horizontes
concentrada fechada nada mais que pedra
coisa que se cerra que ou não sofre ou não precisa de alívio
forma fugaz de convívio na ponta das unhas com terra entranhada
mulher talvez menos que nada talvez solução para a vida
casa coisa de terra na vida do homem
árvore dor árvore vida árvore humana
luz que ilumina de ano para ano
lume expansivo e pleno aceso no ar
tocha toda ela a arder à custa de se consumir
de mão de mulher para mão de mulher
Eu tinha nas mãos então meia dúzia de nomes
quando às vezes os pronunciava o tempo rodava e parava
agora vejo a vida longa passar
e mulheres hirtas nas margens dos dias
mulheres arbóreas numerosas e sonolentas
livrarias verdes e ermas de laranjais
de cabeças frondosas e encobertas no passado
Da mulher que tem coisas de tronco coisas de raiz
é que gosto mas tenho o coração gasto
dói-me alguma coisa não sei o que é
comovo-me e não sei dizer afinal porquê
água que corre que transforma as pedras
mas a mim não que sou coisa que morre
mulher toda ela uma enorme mão
Toda a vida em treva miúda condensado
absorto em coisas pequenas nem vi sequer que

estava aqui a esteva mas tudo o tempo me leva
Vem a voz do inverno fechada nas mãos da chuva
anoitece e na noite ninguém aparece
a chuva nada reverdece nada nasce nem mesmo por muito que chova
Exausto dominado e deslumbrado
olho o tempo que muda senhor ou sujeito à moda
e então vejo o vulto de vagas florestas
numa noite calma caiada e calculada
noite de luar trajando de branco senhor do espanto
Calam-se os pássaros nos olhos das crianças
pela esteira da lua há o mar que onda a onda caminha
talvez tenha sede talvez até mim ele venha beber
deixado já o cansaço de olhos de água já postos na minha porta
Mas o mar é grande precisava mais casas não há mais gente desperta
e mesmo acordada ficava hirta o mar mete medo é forçoso que parta
Sozinho sinto-me nas mãos imensas de tudo
não passo talvez de um pouco de geada à mercê do primeiro sol
sou um simples segundo entre nada e nada
Poisasse a primavera os pés neste ramo e então haveria
talvez uma flor desmedida à superfície da vida
A este muro de musgo do crepúsculo
quando tudo tem vozes e há olhos rasos
penso quem me dera quando eu vivia no país das lágrimas
e as lágrimas eram os rios desse país do passado
Nesse tempo porém a árvore era a virgem loura
ela vivia devagarinho rodava todo o dia com o sol
sabia perfeitamente saborear a vida na chuva contida
mas era pouco para ela o espaço dos dias para ser bela
Sentia esse dia afinal a grande sombra de uma árvore
eu disse que sobre ti árvore ou nuvem o sol incida
e seja como uma espada que de ti faça romper a vida
Quero alguém para mim onde eu me renove

uma árvore sempre comove tem verdes os ramos
ó árvore vamos fazes-me falta
Eu sou do pólen sulfuroso dos pinheiros
da tília de sombra ungida e tingida
diamante por vezes polido pela noite
à luz erma do candeeiro de algum jardim
das folhas de plátano dobadas por vezes pelo vento
das primeiras ameixas maduras no santo antónio
pequenas vinhosas sombreando a árvore
seguidas das peras e logo das várias castas de maçãs
expostas sobre as mesas nas casas da praia
perfumando esses dias demorados do verão
sou das macieiras noivas naqueles seus véus
quando os campos à volta como que ainda dormitam
sou da cerejeira essa árvore vista pela vez primeira
quando eu olhava todas as coisas da primeira vez
cerejeira da noite aparição carícia
nas mãos daquela primitiva primavera
mas vamos árvore seja o teu nome ele qual for
Foste sombra na sombra dessa mulher que me deslumbra
a tua mão é metade árvore é mão de lenho
mão encortiçada mão de cão
mão esfarrapada mão crispada
mão como um cepo paciente e rente
mão de lavar a loiça mão diáfana
mão em alto-relevo rendilhada
mão enorme e roída mão de dor
árvore toda na mão minha mão minha mãe
São tão humanas algumas árvores
são mais humanas que se fossem humanas
e os seus ramos têm coisas de mão
Não peso não penso não posso apenas passo

retalha-me a face vergastada aziaga que não quer que eu prossiga
e para o meu à-vontade no universo
e naquele outro mundo que há neste mundo
nada significa a extensão de um verso
Ninguém exija a inveja que haja
de sair suja lá de onde se aloja
tenho árvores na estrada deixem-me ir lá
Serão amoreiras de ramos verdes na primavera
tenho bichos-da-seda nas casas caídas à espera
deixem-me ir lá com folhas nos braços hei-de reverdecer
serão as oliveiras dos últimos dias do outono
com o sol reflectido nas folhas molhadas
oiro húmido a essas horas sumidas
Do que eu preciso aqui é de uma árvore
árvore ao alto desfraldada e não dessa
árvore mutilada pela machadada
pisada contrariada e humilhada
nem sequer baloiçada na madrugada
Cúmplices na ternura tornam-se as árvores
de mãos dadas a esta geração destrutora vida ameaçada
árvore anainha periódica noiva na primavera
e não só uma única vez de uma vez para sempre como essa mulher que
me chama
e me deita na cama e me morde e me come e devora
intenta destruir-me confundir-se no íntimo em mim
incendiar-me alta noite esta carne que sou na sua devorante chama
no seu alto-forno diurno embora nocturno
no seu frémito no seu frequente furor de forno desperto de fome
ardendo em delírio sem margens sem fim
numa abundante lava que se renova segundo a segundo
na baba da loucura caindo da boca no fogo queimando o olhar
na vertigem na pressa crescente em chegar

em chegar por chegar para enfim serenar destruindo-se essa excitação
e ao fundo haver só solidão e haver céu e terra
e haver o temor e os dias e o pensamento
E agora aqui ressequido e verde e amargurado e verde
reclamo recônditas raízes íntimas raízes
Tudo o que eu herdo arde até a própria tarde
um sorriso que eu herde mesmo isso me aturde
e até deus conquista do homem desapareceu
Tudo mas tudo me sobressalta cansaço ou mentira
a palavra demora há falta de gente
um ramo inocente que me dê a mão
que aparado aproveite para o caixão quando um dia morrer
que eu possa queimar e que me dê lume
Que a sombra serena de uma árvore mesmo sem nome
facilmente se afaça a submeter-me a face
A árvore é vária e resume compaixão ternura
é humana e dura não há nada melhor
Tragam-me a árvore seja ela qual for

O BENEFICIADO FAUSTINO DAS NEVES

Quem seria o beneficiado faustino das neves
que vê de viés quem o visita alguma vez?
Pergunto e não quero que ninguém me responda
perguntar por perguntar pode ser a mais alta forma de saber
A pergunta ondula no ar ou na alma como uma nuvem
será talvez um til num texto uma ruga na testa
um gesto de quem contesta uma leve crispação da crista
Não importa talvez o que se pergunta mas como se pergunta
a ânsia na voz o brilho nos olhos um movimento de pés
Que me importa a mim faustino das neves mero pretexto para isolar
da boca cariada do tempo um simples olhar?
Que importa um olhar a análise dos tecidos orgânicos
dos olhos das células vivas de súbito impressionadas
e das fotografias logo reveladas na câmara escura do cérebro?
Um olhar interroga um olhar duvida talvez um olhar é coisa de tempo
é a mais funda fala de quem num momento se sente bem
se despede de si mesmo de todos se isola cortante como uma proa na vida
Olhar é talvez como que pensar como sentir como dissimular que se sente
é às vezes dar vida a casas costumes coisas ao vento
ao vento que varre todos os gestos que desenhamos nos dias
é lutar corpo a corpo com corpos provisoriamente opostos ao nada
é uma sala de estar onde os amigos podem entrar de chapéu na cabeça
uma sala onde a luz levanta a manta de velhas coisas inúteis envoltas em
        volta
Nos olhos começa às vezes o mar os olhos animam nas coisas o vento

nascem nos olhos as nuvens que arrastam consigo a tristeza para o lado sul
Faustino das neves não é homem de anjos
repele discretamente as mãos coercivas do transcendente
joga tudo na vida volta-se de uma vez para sempre para estes dias
emerge da sombra para os mais leves sintomas do sol
sai das mãos de josefa para uma tela sombria do século dezassete
abandona na ponta dos pés a igreja da santa casa da misericórdia
pisa na noite as pedras da vila de óbidos
Faustino das neves muda de roupa põe o breviário de lado
actualiza certos aspectos antiquados do seu português
submete-se às leis da fonética embora saiba que há quem negue que sejam leis
responde aos inquéritos linguísticos por correspondência do doutor paiva boleo
enriquece o léxico com nomes de coisas do novo mundo com termos técnicos
com construções colhidas nas páginas de aquilino ribeiro ou guimarães rosa
maneja também para isso os modernos meios audiovisuais
anda a par das novas conquistas do estruturalismo evita os vários suplementos literários
embora tenha ouvido falar de fernando luso soares e alberto ferreira
acompanha mesmo as novas correntes do pensamento
Faustino das neves caminha por óbidos mas é um homem do nosso tempo
sensível aos slogans ao chamamento luminoso das montras
recorre ao crédito contribui irresistivelmente para a inflação
que um governo em guerra prometeu combater não sabe bem como
não tem precisão de emigrar mas intervém nos problemas do nosso tempo
assina o seu nome em listas apresenta-se como intelectual responsável
é até dos homens mais à esquerda do nosso país
pensa talvez promover ortodoxamente em portugal
exactamente a revolução russa de mil novecentos e dezassete

Faustino das neves olha através dos séculos
coloca o pé pisa as pedras as nuvens com elegância
conspira diz mal calcula caminha na vida
O beneficiado não crê na promessa do dia nem na verde alegria
de banhar o rosto num instante na própria fonte
de ver sequer de passagem mais que a sua simples imagem
esse núcleo de luz ardente que agora tenho na minha frente
essa fuga feliz a um mundo onde dia a dia me afundo
talvez a única sombra que a mim me deslumbra
sonhada morada nunca conseguida
sensível e audível e palpável mas inconcebível
desmedido portal onde poderá começar o ignoto mundo do mal
onde uma coisa logo que nomeada é coisa realizada
Josefa foi a submissa foi decerto a pintora mas foi também
doméstica e simples e amiga e mãe
Josefa de óbidos não pinta há muito anda assustada
o seu cliente beneficiado fugiu-lhe ingratamente das mãos
não a respeita não reconhece que só graças a ela chegou até hoje
e a pintora tem o seu nome uma reputação nacional e até
internacional devida talvez a josé-augusto frança
começa a recear as consequências de ter criado tal criatura
Josefa de óbidos ficou no seu tempo pintou metafisicamente um olhar
meteu-o na cara de um homem enquadrou esse homem numa classe
ficou descansada tinha a imortalidade assegurada
mas agora até pensa deixar talvez de pintar
Josefa de óbidos noutro país talvez tivesse pintado
essas bolas de sabão que manet continua a soprar até nós de um longín-
quo verão
como imagem do tempo da vida da terra em breve desaparecida
ou aquele menino togado mas truncado
que jaz no prado irremediavelmente ameaçado
pelo perene fado essa mensagem do passado

transmitida ao presente eternamente
ou aquela dama romana donde intermitentemente mana
o mar de recordar esse insistente soluçar
de quem tem no olhar uma forma garantida de passar
a vida indiferentemente recordada esquecida
Mais tarde também josefa se fosse um homem
ou enfim defendesse a liberdade sexual da mulher
talvez decerto com a sua dose de sorte se chamasse goya
assistisse a touradas pusesse saber e sabor em pintar aquele picador
que pica um touro castigado nalgum domingo do século passado
ou se não mais na sua linha um cardeal de goya frio fixo como uma jóia
que um homem depois de ver de boamente consente em morrer
ou as perfeitas santas justa e rufina onde se afina e refina
a mão que por vezes guia a loucura através do pretexto da pintura
Mão que não sentiu a pouco e pouco gastar os dedos do autor a pintar
que pintou noite e dia sem sentir que se desfazia
para para sempre ficar num grupo álacre que a dançar
envolve na roda a distância do requinte e da elegância
de quem num instante ímpar se desenha no ar
para tudo e todos imolar ou pelo menos diminuir
Josefa não pode parar talvez quem saiba consiga pintar
a maja desnuda ou a maja vestida
os velhos vorazes que no comer põem a mais viva forma de morrer
essa romaria de santo isidro onde há gente que deve os olhos de vidro
ao vinho e à mais triste alegria que num madrid há muito passado se construía
ou o cão já meio afogado só salvo depois de pintado
com a raiva de quem assassinasse talvez a própria mãe
ou a si mesmo se houvesse matado ao deixar-se auto-retratado
A pintora de óbidos desconhece a finura o donaire o sorriso dessa figura
helena fourment modelo de rubens uma criatura da terra que até hoje perdura

não viu uma velha de duas igrejas fiar e de fuso na mão para sempre ficar
com o tempo todo na face mãos fechadas sobre a velhice
ou a usurária de ribera mulher que é hoje na tela mais que no tempo era
mulher mumificada na mão levemente destacada
território de rugas talvez onde se intensifica a luz
rosto rijo e rigoroso onde o boletim meteorológico anuncia sempre tempo
invernoso
olhos que no campo circunscrito da parecença
distinguem a distância que existe entre quem começa
e quem a vida já vela com um véu de névoa
Josefa pinta como quem pensa ou considera e só assim recupera
esse passado mais que no nome na realidade inexoravelmente passado
por ser a mesma mulher e serem freiras e serem viúvas ou outras quaisquer
ou esse santo por heredia pintado e depois disso irremediavelmente
degolado
e não menos que o anterior cão deixado nas águas do tempo afogado
Josefa na arte comprometida passaria o pincel pela vida
pelo baile campestre alegre e triste
onde é visível o vento que apenas dura nesse momento
em que se dança intensamente e alguém vai e vence
com a decisão inabalável das marés do mar o bailarino mais exímio a
dançar
casamento campestre conjunto de gestos urbanos num meio agreste
neptuno do olhar velado neste mesmo instante emerso do mar do passado
objecto de gesto jamais talvez ultrapassado apesar do desígnio sempre
esboçado
por quem um dia nalguma parte deu o que tinha e não tinha pela arte
Josefa de óbidos assustou-se porém pois podiam dizer a alguém
que pintar implica ao fim e ao cabo ter um pacto com o diabo
pois o diabo vivia nos dias de então vestia a toga da inquisição
e a pintora pensou deixar a pintura com medo da alma e da censura
Não existe decerto censura mas o gesto foi sábio porquanto existe o
exame prévio

e se formos a pensar um bocado é realmente perigoso pintar um beneficiado
pois bem vistas as coisas o homem às vezes é vário muda de roupa deixa
o breviário
sopram os ventos da história e modificam a forma de toda a matéria
e talvez tenha sido assim que faustino se pôs a pensar josefa que foste tu
fazer

NEM SEQUER NÃO

Às vezes sabes duvido até de mim mesmo
um mar de inverno banha os dias do verão
e umas três quando muito palavras inúteis alguns gestos fúteis
segredam-me então que me segregam ou desagregam
Detesto essas vezes o antro que transporto dentro
mas nada fora encontro digno de intro-
duzir em toda esta vida de nada
esta vida com uma viola e uma viela
e que a toda ela a imola uma mulher bela
uma mulher que não só diz mas que faz
de mim um homem de paz um homem feroz
coisa que pode iludir-se que ilude
e pensa que não tarda há-de vir um vento que tudo mude
Sou aquele que com alicerce não podia constituir-se
que catedral mais nobre nunca descobre
que aquela que se abre às vezes à tarde
quando ele sente febre e tudo o aturde
e lhe falta saber com certeza que existe para saber que está triste
Esse dia é o espaço da ventania
um adro donde a alegria coisa que conhecia
nome que sabia anda arredia
Outro nome esse de mulher conseguira fazer
da minha casa uma grande povoação
mas já então de lés a lés o meu chão são múltiplos pés
e é assombro o vento é assombro a chuva é assombro a luz

tudo é lama calcada coisas em debandada
Vi oscilar tudo vi-me trémulo e mudo
tivesse um dia eu tido algum passado
fosse outrem eu todo e seria então de outro modo
A noite mais que escuridão é o sítio da interrogação
e ao vê-la crescer tudo à volta em negrume envolta
sinto que ela me ata de todo à gruta
funda do espanto dominante há tanto
Olho cara a cara para a minha ira
e se venho do nada e regresso ao nada
então que a desgraça em breve me desfaça
e nenhum nome passe na minha face
mas se nem palavras não o quê digam-me lá então?
Fel vil para meu mal bole no bule
valha-me folha o tempo da navalha
que isola uma ilha graças a uma agulha
onde uma vida velha nova rebrilha
e uma solidez sagaz sai de quanto se diz
Ó jardim dessa vida para mim perdida
em que o sapato de ourelo foi uma vez vê-lo
e sentir logo nulo todo o esforço de i-lo
dissociar desse pé que era e não é
num mundo que destruiu um mundo que o viu
pisar como ele só a terra que pisou
abaixo de uns olhos alvos e vagos vagamente magos
efémero momento do olhar
rapariga em espiga imponderável
Debalde ora fui rebelde ora fui humilde
não há quem me salde a mim opresso num molde
Se digo o teu nome logo a língua é lume
e um verde vime a tua vida assume
Quanto mais sentes tanto mais tu mentes

sentes mais vezes muitas menos dizes
a este meu olhar impuro que em ti demoro
nesta moral sem curso que no fundo exerço
monocórdica e pouca aflorando à nossa única boca
Ó tempo basta sinto a vida gasta
posso ó mulher matar-te só por desejar-te
livro-me em palavras de que tu te livras
nesta vida feroz algoz de todos nós
quando estamos sós e ela desce veloz
sobre uma casa velha que valha devido à frescura da bilha
ou melhor do asado coberto do testo e poisado
no poial bebido pela escuridão possível na casa oposta ao verão
Nem sequer sai uma soma do total das coisas uma por uma
assombro sobre assombro lembro no meu ombro
espanto mais espanto sinto em cada canto
e os desgastantes séculos em si mesmos ridículos
corrente intermitente que interminável temos diante
frenética mas ática mesmo para qualquer óptica caótica
mágica enérgica demiúrgica e por vezes órgica
E sinto dispersar quanto quis reunir
é preciso matar se possível os mortos
e deixá-los hirtos em seus membros curtos
com gestos certos dar-lhes crus confortos
Quem tem como lema chegar sempre acima
que esqueça em suma esse homem que ama
a mulher ou um mar que gere de vez uma cor e a faça ir e dure
Mulher que vem trazida nas flores que traz pela estrada
aberta por esta mirada na superfície da primavera
por vezes cândida por vezes esplêndida
que esteve mesmo junto de mim mas sempre foi para mim
mulher de mim sempre distante mulher sempre a mim afim
que é toda a vida que em vida consiste mas não estou bem certo se existe

se tem ao menos um nome se ao menos é ela
Não parto de uma ideia mas talvez chegue a uma ideia
ao real à verdade terra a céu aberto
afinal hoje sei-o houve coisas de permeio
e a própria pedra cisma num fantasma
e se duvido do mistério deste mundo vário
sei que o pior decorre no silêncio
onde despido e ridículo sozinho no século
nem sempre sou iníquo mas somente vácuo
reles sorrio e olho de uma certa altura
para a usura que me assegura a sepultura
Nego e afirmo sou saudável e enfermo
desperto durmo embora inerme armo
criança em crise cravada na carne
consumo-me sou lume e intenso negrume
criador talvez desta noite coisa a que me acoite
Esta consistente obscuridade venda a minha menor verdade
pouco mais que nada mas tudo o que tinha na vida
colho alguns pés de trevo quantas folhas travo
um diálogo obscuro com as vozes do escuro
Não há coisa que não me consuma necessito de uma
primavera privada apenas por mim ambicionada
e da vaga luxúria sem nenhuma memória
indiferente à gíria e aérea
quando nem mesmo a morte terá termo a pôr
à pegajosa paciência sustentadora da existência
e é só pela máscara que afinal hão-de julgar-nos
no cómodo cadáver do que um dia formos
já que é a morte que habita a vila
e ao habitá-la habita no fundo a vida
Discuto mato doto meto fito
coisas convencionais das quais necessitais

para fugir pode ser que para o mar pode ser que para esquecer
Intento levar luto lento a um por um defunto
e firo e considero inexpugnável o muro
dilacero tudo e o que mais dilacero é onde mais moro
e nem mesmo reparo que sou eu que morro
e é somente assombro o que à volta vislumbro
E se um verde vime a tua vida assume
já não quero pois vi-me verbo do meu nome
inalterável indelével e impassível
imóvel tu só neste mundo volúvel
reparo que respiro e então desespero
reparo que me devoro e que só por devorar-me é que duro
Eu sou quem esquece nada me embarace
sou coisa que talvez um dia houvesse
florido à passagem de uma loura miss
de quem demasiado se disse como quem demasiado conhece
quis muito pouco e muito melhor fora que nem pouco quisesse
Hoje sossego solitário súbdito do mistério
volúvel e vário como a luz ao vento de um círio
porque de tal maneira a nomeei e porque tanto a vi
porque tanto a amei que cedo a consumi
olhos castanhos olhos verdes minhas cruéis tardes
onde irdes se só tu mulher me urdes
essa teia onde se enreda toda alheia a minha vida
cada certeza cada dia cada nada
cada coisa calada tudo uma vida ida
Mesmo se cismo a esmo pasmo num abismo
insisto que detesto se isto não é susto
nem o adjectivo extraordinário é mensageiro sério
Concordo que cansado deixo coisas no passado
e firo fundo o fundo com que fero furo o mundo
Ficam as facas sólidas e secas

os músculos os estádios másculos dos ódios
coisas voláteis árvores inúteis
gratuitos gestos rituais e castos
incestos naturais de reis reais como sustos de sóis
as frases loquazes de que são capazes
as madrugadas nadas sobre gélidas geadas
a custo dissolvidas contra agosto mês de coisas idas
na água nas areias na frágua nas ideias
dias de enterro das vitórias do barro
A noite é alta levo as mãos abertas
na noite de fuligem a babugem da vertigem
noite negra caótica e sem fundo
negrume em todo o mundo oiço-o e ando
tenho no movimento o meu sustento
ó boi ápio do ópio que me dói num arrepio
Deveras nesta primavera há duas primaveras
coisas do princípio folhas de heliotrópio
tempo que nos afoga e fica numa ruga
E tu danças em roda minha vida toda
mulher de xaile qualquer mineral
o sol a pino a cal o som do sino
o ímpar peso de um olhar aceso
a seguir encharcado no porvir passado
E és todos os dias pela primavera
na serenidade lisa e elísia dos teus olhos
da cor de um velho vinho da madeira
pode ser malvasia pode ser qualquer
depende da forma do cálice que o contiver
nessa serenidade do verbo pairar
ou dos campos ao fim das tardes do verão
altura em que por trás do verão nos surgem cada vez mais coisas
quando chegas na flor emanação da mão

pintada nessa mesa dos pecados capitais de bosch
e tu mulher por tuas próprias mãos enclausurada
em clausura maior és essa flor
esse óbvio eflúvio com que donatária és o doador
flor de cativa cor que vi um dia
flor singular em que toquei só pelo aroma que cheirei
flor que cortei levei pra casa e se tornou a minha casa
flor murcha um dia na marcha do tempo
flor com que me deitei fora quando a deitei fora
flor faladora e leve aérea como ave
ó flor de olhar profundo do princípio do mundo
flor de sonho e silêncio alta como um vício
flor que ao certo não sei se existe ou se a criei
flor que ou chorou ou a manhã a orvalhou
e como a parca flor perdida em dunas ergue
a haste que lhe baste nas hostis areias
flor parca ameaçada pelas parcas
que antes de conhecer já conhecia
por saint-exupéry talvez me ter falado dela
flor de olhos feitos verdes só por ver os vegetais
mas mansos como os lagos que há nos olhos de alguns animais
flor de sonho e de dor flor viva para mim
a bem dizer depois de morta apenas
flor que recordo simplesmente agora
que já não chora que nem mesmo cheira
flor levada nas águas mansamente
de quem pressente que esse verso não é seu
mas que sempre escreveu com os versos de toda a gente
flor de cacto talvez talvez nenúfar
talvez o nenúfar mais vizinho da cabeça afogada de ofélia
flor muitas flores ao mesmo tempo
pois se multiplicou por cada uma das pétalas

onde viveu a vida plena separadamente
flor vinda devagar de vagar pé ante pé
partida agora sem um rasto até
ou pétala que fosse uma palavra que dissesse
flor explosivamente bela mas dissimulando quanto é bela
procurando talvez mesmo até que eu jamais reparasse nela
flor que não maculasse um só olhar
que fosse a minha única forma de lhe tocar
flor de um momento anterior ao esquecimento
absoluto reinado sempre ameaçado
flor que eu tanto amei que ao amá-la a matei
às três da tarde por minha vontade
flor que sorria no desabrochar e com quem eu falava
e que ora corava ora desfalecia
e ou não sentia o pulso ou como que explodia
flor afinal da cor do espanto em que eu a pinto
flor vagabunda ausente mesmo se presente
a meu lado na cadeira de um café
pronta sempre a fugir e a deixar tudo
e a mim me deixar mudo das palavras que dissesse
flor mais volátil do que se tivesse asas
e voar fosse a sua maneira de ser
flor às vezes em fuga de si própria
flor que deixou vazias para sempre duas mãos
vazias sempre até na hora de colhê-la
flor que ao morrer abre profundamente os olhos
e olha devagar e morre por olhar
perto das árvores do frio do sol
que tudo vê e se transforma no que vê
sem por isso deixar de ser a flor que é
sem deixar de florir e florir florescentemente
e mostrando exibindo que originariamente lhe pertencem

advérbio ou adjectivo depois empregados metaforicamente
no sentido talvez de vida e vida exuberante
vida afinal de flor
flor envolta na dor de uma só lágrima
que lhe sulcou a face naquele outono
assim espaçoso para que ela o sulcasse
e somente eu a visse e a ninguém o dissesse
mas nunca mais esquecesse essa lágrima de flor
derramada naquela rua a dois passos daquela igreja
misturada na chuva e entre muita gente
flor certos dias triste mas escondendo naquela pele
branca a tristeza e a causa que a impele
a dizer que está triste e porque está triste
e a perdoar ao próprio causador dessa tristeza
sem gostar aliás que ele lhe peça perdão
perdão sequer por lhe pedir perdão
flor dona do seu dono senhora sem querer do seu senhor
flor abandonadora até do abandono
flor que tudo resume nessas pétalas que assume
flor sempre para mim quase sem nome
ou tão mudável sempre que de instante para instante
eu tinha de lhe dar nome diferente
flor a que chamo flor para a poder chamar
para neste verão a nomear e ela deixar de estar distante
e ficando distante ficar nesta praia ao alcance da minha mão
aliás hesitante e por fim decidida
a não se estender na sua direcção
não vá nesse momento ela desaparecer
quando era uma palavra já uma certa palavra
uma coisa nunca menos real que uma palavra
flor forma de te nomear de te apreender
e por isso te perder logo e te deixar

sepulta não sei onde sob a pedra anónima
flor de haste erguida um só dia na praia
a quem a ti atiro devagar a bola como uma criança
como mais tarde entre outras coisas me disseste
mas eu a atiro assim não para te não ferir
mas para assim eu ir até junto de ti até a ti
na forma redonda forma de uma bola ser discreta
eu não sei neste verão esta noite não sei
como andas minha flor mas não andas assim
não caminhas assim não é assim que calcas a areia
pois quando tu caminhas nem sequer caminhas
nem sequer calcas nem sequer tens pés
ou tens apenas pés para afirmar que és
e seres tanto tudo com um mínimo de pés
Só tu vias ó flor que é impossível ver
mas vias se possível o impossível
sabias insolúvel a questão desta vida
sabias que debalde se debate
alguém pois se o bronze promete nenhum som emite
ó flor humilde ó mulher imensa
Houve em verdade a verdadeira voragem
dos dias sobre a tua imagem e
hoje nem trôpego relâmpago reluz
nem sonho que nem alguém quer é para mim mulher
Só a noite nasce e nada sobre o nada
nada nome do nada e não forma presente do verbo nadar
pois nada sobre a água ou sobre alguma coisa aquele que nada
e eu que um dia fui nado quando hoje nado
nado mas sobre o nada
A noite não te cerca deixou de ser tua
não é já espaço agora à volta do teu rosto
um rosto onde há o rasto ou talvez o resto

do primitivo susto reduzido a isto
ruídos costumeiros usuais ou rotineiros
a porta que se abre tal grito na tarde
fonte que corre voz de alguém que morre
que mesmo morto não quer é morrer
na noite até estes ruídos roídos
Os olhos e as mãos são os meus haveres
rebentam-me nos pés alguns cadáveres
remexo na lareira e eles aparecem
rodeiam-me devoram-me são chama
são breves como a chama mas intensos como a chama
o marcolino bêbado sentado no degrau
vermelho como não voltei a ver melhor
nem um melhor degrau nem um melhor vermelho
o meu ver/melhor
a domitília fina no seu nome e fina nesse muro
que dava sobre a estrada que dá sobre os dias
essa mulher que vejo vir do rio
e que fala do frio mas de forma equívoca seja embora inverno
vejo-a vir do rio no seu rosto
era minha vizinha serei sempre vizinho do seu rosto
outra mulher dessa recordo o nome e as
primeiras pernas brancas deliberadamente brancas
de novo o marcolino ou no mesmo degrau
a dissipar na aragem meu deus essa aragem nunca mais essa aragem
por muita aragem não mais essa aragem o rubor da cara
raparigas na fonte cântaros na bica de água muito pura
um puro veio de água correndo do cano
no contorcionismo (ao circo desse tempo devo esta palavra
que eu rolava na boca como amêndoas ou ameixas
estas ocultas na camisa se as roubávamos de noite
era verão por vezes do pomar guardado do meu pai)

na sinuosidade com que corre e se contorce a água
se um veio de água se um remanso de um ribeiro
cântaros na bica cântaros poisados nos poiais
enquanto as donas conversavam de rodilha na mão
raparigas rapazes fonte tudo água desse tempo
agora fogo na lareira que remexo e deixo
deixava já esquecido no lume na brasa ou na cinza
o leovigildo seco sabedor falando das cepas
olhando a tarde prevendo o tempo
segurando a enxada cuspindo nas mãos
enterrando os dias no chão com a enxada
o amadeu da mesma idade que eu
com a mão esfacelada pela espingarda
o mário pregador em noites como esta de breu
que um dia sonhou e por isso foi afastado da aldeia
que sonhou e de sonho morreu
ou tão longe tudo ou tudo esta treva condensou
ou um homem na noite conclui
que nada disso existiu
nem ele nada foi e é só o que flui
Caminho agora sozinho na noite
leva-me um canto de ave talvez rouxinol
talvez o da estrada da beira posterior
aliás e jamais mais real do que o de verona
leva-me um canto e a mim no íntimo levo
a confusão de uma multidão
e no meu território o delírio remói
legado transitório do que breve fui
e estou só no granito enxuto do grito
que nunca ninguém me há-de ouvir
aqui onde as palavras nunca serviram nem os sentimentos
nem sequer as ideias nem sequer as coisas

aqui onde as palavras são somente palavras
nem terríveis palavras somente palavras
nem sequer escuras na noite só escura
sem chusma de fantasmas que cismem em resmas
aqui onde o luar fia às vezes alguma feia faia
e não há já no meu pátio bordado a crisântemos
diálogos de noites com dias diálogo palavra há uns anos em moda
Este breu circundante tudo circundou
e com modos medonhos me circuncidou
me isolou da vida do caldo e do pão
que conheço muito melhor agora pelo raul brandão
que outrora na aldeia no campo no recreio da escola da aldeia
Ó noite só do escuro nem sequer do vento
destrutora da arquitectura de toda a lonjura
noite que conseguiu mesmo roubar ao dia
a frágil força que antes me impelia
e me fez cegar e fez cair coisas que eu tinha como
cadeiras uma cómoda três livros
e por o diluir e por o beber me fez quase duvidar
daquele outro mundo que há neste mundo
última crença clara em que hoje me confundo
primeiro o pão se possível algumas palavras
mas palavras palavras não grandes palavras
o mais foi de vencida era vazio que vinha da vida
da vida dessa vida desavinda
Ó noite deixa-me estar apenas neste caminhar
deixa-me apenas dizer que suspeito que é
música de mar toda a minha música
e no cimo do inverno eu oiço a sua voz cantar
e uma fonte genésica profundamente comover
as bases do meu ser o último edifício
deste quarteirão a demolir

Enuncia-se o tema ondula a melodia
na abóbada vazia de um silêncio que se não fosse
silêncio diria que me chama
Eu oiço embora cego vejo eu sinto
se dissesse mais diria sou maior que deus
mas o meu nome é só sofrimento
meu e desta gente que me rodeia
de gente que devia talvez rodear-me
e não está nestas casas caiadas de noite
não tenho tempo não encontro lugar
em mim para coisas a que chame deuses
criaturas inexistentes ou então ociosas
Sou tudo quanto pode ser o nada e se nisso reparo
peço ao menos um nome para a minha mão
um nome curto que eu diga devagar
sílaba a sílaba com saliva nos lábios
sozinho à beira-mar ou na vida sozinho
sem uma mulher uma ave um simples vizinho
um nome redondo para a minha boca
um nome sem coisa alguma por trás
nem mesmo sentido música de ouvido
que eu oiça e que esqueça quase comovido
lágrima ou nome gesto golpe de vento
asa que roce no meu pensamento
que não abra nada que seja um só nome
que eu diga na noite só por dizer
quando quiser ou me apetecer morrer
um nome uma sílaba quando eu quiser
mais nada só isso na noite da minha mão
nem dúvida nem corpo com o meu nome nem sequer não
nem sequer um nome nada na minha mão

REQUIEM POR SALVADOR ALLENDE

Foi de súbito no outono juro solenemente que o foi
mas as árvores fora tinham de novo folhas recentes
primavera no chile primavera no mundo
Sinto-me vivo habito muito de pé numa casa
leio vagarosamente os jornais sei devagar que os leio
enfrento meu velho borges o muito meu destino sul-americano
Acabara um poema enchia o peito de ar junto da água
sentia-me importante conquistara palavras negação do tempo
o mar era mais meu sob a minha voz ali solta na praia
talvez voz metafísica decerto voz de um privilegiado
ombro a ombro com gente analfabeta uma gente sensível e leal
mas que não pode ler e vive muito menos por o não saber
embora saiba olhar o mar sem o saber interpretar
acabara um poema enchia o peito de ar junto da água
quando o irmão miguel veio pequeninamente pela areia
e convulsivamente me falou da situação no chile
veio pela praia e punha nas palavras mãos de solidão
mãos conviventes com outras palavras mãos que palavra a palavra
erguem um poema no silêncio só circundante
Allende tinha uns óculos os óculos tinham-no
com eles via a vida com eles via os homens via homens
via problemas de homens e as coisas que via eram coisas de homens
hoje apenas uns óculos sem nenhum olhar por detrás
Nos finais de setembro nos princípios de novembro
tu meu amigo que não posso nomear sem te denunciar

dar-me-ás talvez notícias tuas notícias meramente pessoais
já que projectos sociais projectos cívicos profissionais
ficariam decerto nas policiais desertas mãos dos generais
mãos que mataram mãos que assaltaram a casa de neruda
mãos limpas já do sangue despojadas já das alianças
que caridosamente deram que assim conseguiram
solucionar os prementes problemas do país
Ouvi falar também desse cargueiro playa larga
praia comprida mas praia deserta e não só na palavra
pois quanta praia tinha hoje só tem o sangue dos milhares das pessoas
        fuziladas
A onze de setembro nesta praia portuguesa só uns passos pela areia
algum poema terminado alienado algum termo conquistado
tão inefável como por exemplo o de tancazo
atribuído ao golpe orientado por pablo rodriguez
homem que vai modelando palavras ao ritmo martelado pelo ódio
na tentativa vã de destruir frases hoje históricas
do grande cavalheiro que decerto foi allende
e já antes de o dizer com a vida dizia que por exemplo
mais vale morrer de pé do que viver ajoelhado ou então
se as direitas me ajudam a ganhar ganharão as direitas
País amável calorosa entrada em santiago
e ver-me em frente desse homem sozinho relutante em recorrer às armas
e que depois de o ter visto e o ter ouvido
ao homem que for homem poderei chamar-lhe
seja qual for o nome salvador allende
Que nestas minhas minerais palavras de poeta
vibre um pouco o vigor da tua voz
bafejando de paz primeiro o bom povo do chile
depois o povo bom de todo o mundo
Que a ignomínia da história não demore em cobrir com o seu manto
os que têm a força mas não têm a razão

pois o nazi-fascismo não ganhou nem nunca ganhará
Mando-te uma ave preta rente à leve ondulação do mar
tu mandas-me no mar a ave branca do teu rosto
vento que vem do mar vento que vem do chile
Aqui neste dia de súbito cinzento
somente povoado pelo meu sofrimento
e pelo pensamento desse sofrimento
voo também vou também eu nesse lenço
que retiro do bolso aqui à beira-mar
e o meu lenço ao vento é uma ave avesíssima uma ave de paz
uma ave avezada a cada uma das derrotas existentes no mar
somente agora destruída trespassada pela bala que leva uma vida
ave que ao entoar seu canto profundíssimo afinal apenas diz
muito obrigada salvador allende
obrigada por essa tua vida de cabeça erguida
só agora tombada trespassada pela bala que leva uma vida
mas não pode levar de vencida a obra por allende começada
selada por essa promessa de lutar até ao fim até à hora de morrer
nesse importante posto onde te investiram a lei e o povo
Foi no ano de mil novecentos e setenta
ano em que eu fiquei a apodrecer no meu país
que uma coligação do tipo frente popular tomou
pela via legal conta do poder no chile
legalidade sempre respeitada por ti allende
mas por fim desrespeitada pelos militares pelas direitas pela
cristã democracia partido bem pouco cristão e pouco democrático
Falavas tu dizias a verdade
falavas com palavras de verdade
uma bala na boca nessa boca donde ainda pouco antes
saíam as palavras na verdade belas como balas
salvador allende guerrilheiro sem metralhadora e sem boina
de casaco e gravata para essas guerrilhas no parlamento

guerrilhas todas elas tão contrárias à guerra quão favoráveis à paz
essa palavra alada como ave ave não só de georges braque
mas de nós todos aves verticais aves a última estação
árvores desfolhadas num definitivo inverno
allende do cansaço dos problemas da preocupação constante em jogares
        limpo
com quem em vez de mãos utensílio de paz vinha com bombas em lugar
        das mãos
allende já há muito tempo sem uns olhos para olhares o mar
e sem poderes olhar as pedras preciosas de que fala
pablo neruda teu e meu poeta teu íntimo amigo
em las piedras del cielo esse livro puríssimo
e são pedras do céu mas mais do que do céu pedras da terra
Sol que te pões e nascerás no chile
leva-me a um país que em criança conhecíamos apenas
dos sacos de serapilheira com o nome impresso de um nitrato
e não por dar o nome a uma pequena mas confusa praça de lisboa
nem por sair nas páginas diárias dos jornais
Do chile chegou-me não há muito a amizade do hernán
que em madrid conheci e não responde há muito às minhas cartas
e a de mais chilenos de olhos vagamente tristes sérios quase portugueses
e desse país mais comprido do globo veio-me também
o lápis-lazúli pedra não já de esperança pedra de amizade
Os camiões há muito já que não sulcavam as estradas do país
estradas bafejadas pela aragem enviada pelo mar por esse
oceano pacífico de um país ainda há pouco bem pacífico
O washington post falava já do golpe dias antes do golpe
ninguém falava delas mas elas encontravam-se ali mesmo
as autoridades militares as autoridades militares as autoridades americanas
vestiam mesmo as fardas do exército chileno
esses americanos gente do dinheiro e do veneno
de um veneno talvez chamado dinheiro

que terá pago em parte as modificações dos foguetes do tipo poseidon
montados já a bordo dos divinos submarinos nucleares americanos
assunto de política estrangeira americana
Hernán urrutia meu amigo austral
que em barajas vi olhar voltar
para mim a cabeça pela última vez
marcelo coddo professor em concepción
com quem que bem me lembro conversei sobre o poeta cardenal
e sobre a jovem poesia nicaraguense
e tantos outros que nem mesmo me terão deixado o nome
mas me deixaram alguma palavra a música da fala um certo sorriso
um certo olhar visível por detrás de uns óculos
talvez hoje quebrados por quem não considera
talvez suficiente o quebrar da vida na haste da vida
embora porventura tenha visto aquela sequência de fellini
e desconhece que afinal a vida reproduz a arte
Escrevo este poema no jornal com as notícias frescas
após ter evitado ver as caras de triunfo desses locutores luzidios da televisão
e mesmo ter ouvido até a voz desse pedro moutinho
a voz das afluências ao nosso principal estádio o da cova da iria
e dos cortejos presidenciais e dessas tão espontâneas manifestações
voz afinal da cia e da itt e dos demais tentáculos
do imperialismo norte-americano
maneira americana de se estar no mundo
de estar no mundo arrebatando o pão dos homens do terceiro mundo
terceiro mundo ou melhor último mundo
que pagarão agora o preço da cabeça dos trabalhadores chilenos
que marcham mas decerto em vão na direcção
do centro de santiago onde vingara
a rebelião dos marinheiros vindos de valparaiso
cabeça dos imensos deserdados deste mundo
Sabíamos decerto um pouco em que consistia

essa via chilena para o socialismo
e líamos talvez um livro acerca do programa da chamada unidade popular
e discursos de allende naquela cidade distante
embora houvesse muito mais notícias nos jornais
e a gente nos cafés falasse mais em futebol
livro por certo lido com a janela aberta sobre a noite do outono
sobre campos relvados de momento habitados pela escuridão
donde talvez se erguiam cantos pouco menos que religiosos
exaltadores de ideologias já e sem remédio ultrapassadas
Era uma vez um chileno chamado salvador allende que
fez um grande país de um país pequeno onde
talvez três anos nós houvéssemos depositado a esperança
quando fosse qual fosse a nossa nacionalidade
todos nós fomos um pouco chilenos
Mas que diabo importa em suma a qualquer de nós
que um homem se detenha quando a história caminha
em frente sempre altiva e serena
como mulher de muito tempo sabedora
Posso dizer por certo como há já muitos anos
acerca dos milicianos espanhóis dizia neruda
allende não morreste estás de pé no trigo

II PARTE

TERRAS DE ESPANHA

DISCURSO BRANCO SOBRE FUNDO NEGRO

Lá onde nasce o sol nascemos também nós
e novamente o ar nos traz o hálito do céu
Toda a noite cantou a ave que nas trevas mora
e esse canto seu escureceu a escuridão
É pois de mais este lugar para se limitar
a ser a simples capital do inferno
sem lá por isso ser terrível como o é a vida
coisa que sem vontade nossa nos aconteceu
e agora cumprimos com o necessário ritual
E que fazer de objectos como as minhas duas mãos
comigo há tanto tempo mas que só agora vi?
Montanha existirá tão alta que me cubra
mãos que ao petrificar-me o pensamento
não deixarão decerto que eu desfaça quanto fiz
como quem do que disse se desdiz?
Não é ainda a mágoa transparente e pura como a água
nem vem a dor tornar mais dolorosa a dor
assim como só o amor pode gerar ou destruir o amor
Que lastro a consciência impõe ao pensamento
não o posso pensar sem logo perturbar
a inocência líquida de olhar
E o medo tantos movimentos mobiliza que
por vezes desfigura a própria face da loucura
Cuidados como nuvens sulcam céus de verão
e alguém no quente coração dos descampados

nos semeia cidades com pródiga mão
A mínima das aves se demora
num corpo estilizado numa asa breve
nesse tecto da terra onde se instaura a cor intensamente azul
Em cada dia deixo qualquer vida minha
e das muitas que tinha já só tenho algumas
não sei mas sei que qualquer coisa se avizinha
Há uma voz qualquer na minha mágoa
e é nela que tropeça de repente uma recente corça
que à viva força força as portas do real
A acção compromete há nomes para os gestos
não pode desfazer-se insisto o que se fez
(foi isso bem me lembro sérgio o que te disse certa vez
um corvo na caverna onde tu te mataste sete anos
portanto menos três só do que eu)
mesmo que isso talvez se tenha feito
outrora uma só vez sequer que fosse
Cada manhã pendura novas lágrimas na face
a imaginação da noite cálida arrefece
mesmo a mais olorosa das mulheres se desvanece e eu
firmo no firme chão do verão a minha positiva mão
É em mim profecia um definitivo dia
uma coisa qualquer ainda nebulosa se anuncia
é tudo tão confuso que ninguém conhece alguém
e os sinos dobram desconhece-se por quem
Antes imersas no mar máximo da dor
depois onde hei-de pôr as minhas muitas mãos
se para eu as lavar não vejo mar bastante em meu redor?
Não contém peito humano um semelhante coração
onde mais que a idade pesa a intensidade
da mínima das coisas que vivi
na penumbra das páginas dos livros

ao sol inexorável dos mais inequívocos dos dias
Ingressa no outono o curso dos meus anos
de entre os gestos diários só os mercenários desertaram
O tempo escreve dia a dia sobre a areia
palavra por palavra a pura história
de quanto por passar inecessário fui
e nem dessa beneditina história ficará memória
Sopra sobre os meus dias forte o vento norte
mata-me o mesmo sol que me dá vida
emaranha-me a máquina do mundo
e tudo era no fundo simples era nada mais do que passar
Homem nascido de mulher eu sou
— o erro de macbeth foi crer que macduff o não era —
e de repente embora obscuramente sei
como é baixo afinal o preço de tão alto dia
Não há espanto possível para além do círculo da luz
nada pode alegrar esta alegria
nem salgar este sal que sobressalta o sol
Vivi o tempo mínimo devido
à melhor parte de homem que em mim há
Foram as noites treze e treze os dias
No centro da charneca descarnada
contraditórias criaturas contradizem a verdade
e a limpidez sempre devida à vida negam nos seus gestos
Que estranhas coisas faço desfilar
sob a calma aparente do insistente olhar
apesar dos trovões e raios disparados nesta
guerra perdida e por perdida ganha?
E ao rapaz cuja raiz traçada a giz
se vê que jaz rente à razão ao homem
tão feliz que não soube nem sequer que o era quem dará
coragem para olhar num espelho a actual imagem?

Quem na face feriu o indestrutível rosto?
Que tempo lá poisou que coisas se passaram
que tão fundo afectaram uma tal serenidade
só émula da lisa areia que nos presenteia a beira-mar
e o vento do inverno insiste em alisar cada vez mais?
Sob essa calma condição humana
só o que não existe de verdade existe
mesmo quando em negar persiste a mínima entidade
Nunca como na morte a vida se afirmou
e quem ainda o não sabia o constatou decerto
ao ver em alicante palomo linares exaltar
sob esse círculo de céu riscado pela asa de uma ave
a vida em cada touro que matava
Mas o que às vezes vemos só contrista a nossa vista
e se é alegre ver é bem mais triste ver
e até o mar se afirma na destruição
a que as ondas que ele é procedem ao quebrar na areia
Se tivesse morrido antes de certos momentos
feliz houvera sido para mim haver vivido
Mas depois há a vida e então penso:
todo um ouvido eu fosse para ouvir aquela
árvore à minha voz tão prontamente dócil
que verga mais ouvindo-a que se dobra ao vento
E a asa que utiliza a brisa se me roça a pele
é asa imprescindível à menor das aves
e assim a arte suga insensível a vida
e a face impassível que lhe é indispensável
só a exibe sobre a emoção que sacrifica
Sombra sinistra a noite nos ministra
gralhas pegas e corvos denunciam crimes
e o medo na medula longilíneo ondula
Despede-se do dia a ígnea alegria

Corre na minha vida ó chafariz da chuva
escorre da viúva tarde que se olvida
de si como uma qualquer coisa que perdida
alguém algures deixa distraído
As aves descem com a luz aos ninhos
e cerram-se ao crepúsculo caminhos
que antes a manhã nas várias direcções multiplicara
Eu beijo o pó nos pés da tua juventude
tu que vives apenas como alguma das amenas aves
e célere semeias solidão com toda essa
mão que dificilmente tem tanta insatisfação
O dia passa não passeies pela noite
nada requer tamanha gravidade como caminhar
e que perfeitamente o sabes sei-o
ao observar o ritual solene
que tão rigidamente observas ao andar
Qualquer mar te marulha no olhar
e há em ti mulher sargaço e maresia
e o teu humor ondula e tudo em ti constantemente muda
(era isto aliás que mais ou menos te dizia
à mesa certo dia no hotel monte picayo
entre gente que toda se cingia ao que comia)
Ceda-me a noite alguma lenta hora
dessas em que demora o seu destino escuro
envolto num assombro muito puro
Encho o tempo do espaço dos teus olhos
és sã como a mais sólida maçã
fora de cuja esfera dor alguma impera
É minha a noite aos demais deixo o dia
Só o sonho trucida o merecido sono
onde precariamente morre a nossa vida
e que por fim suporte a morte quem se acostumou

ao sono morte repetida e abolida
Reprime o vinho o que desencadeia
e o mocho tétrico vigia mesmo até a ténue fantasia
Quem dorme hoje por mim o meu devido sono
no leito mais desfeito do estrito quarto?
Quem fica nesse sítio donde sempre parto?
Insiste a tempo e contratempo exige do presente
quanto exigisses de uma irrevogável despedida
pode amanhã o sol não suportar o dia ó
flor aparente e íntima serpente imersa neste
presente em que pressinto vigilar-me a vida
Embaciai ó estrelas vosso cruel brilho seja
absoluta essa noite anunciada nos lençóis da escuridão
Há verdades que só as trevas trazem
Plantei-te rapariga nos meus dias e depois
foi ver apenas como irresistível tu crescias
Possuis a estrita malvadez que faz boa a bondade
uma espessura branca ou uma brancura espessa tens que só o leite tem
e como azeite vem à superfície
Olha os dias e diz-me: porventura alguém
venceu o tempo que só vive de vencer-nos?
A ti devo a ferida pela qual a morte entra na vida
mataste-me no sono nunca mais posso dormir e sinto
o frio sensitivo de um defunto vivo
Será difícil ver depois de haver-te visto
és a seara a árvore és mais aquilo e isto
Tudo abandono e vou no mar de portugal
mergulhar as raízes do meu mal
nascido no punhal do teu sorriso
E a noite vela de vergonha a luz
polui os pés que pus na superfície da alegria
Coisas terríveis guarda na memória

quem tem por trás do dia que se pôs
algum passado um mínimo de história
Não é de agora a noite já roía o dia
esse bicho de sombra que se dissimula às vezes
mesmo nas crinas ondulantes de um cavalo
Fere-me a fronte alguma estrela estéril
de uma estirpe instável e astral extrema-
mente insaciável indubitavelmente
Para dizer o mesmo por outras palavras:
jamais há-de cair cansada no meu ombro
a tua face tensa só pretensa-
mente simples serena e sossegada
Seguem-se algumas mais proposições
Nunca tu foste como são os mais
comida para a mesa e para a cama corpo
Se em morte o próprio mar se configura
mais que mãe nome tens de sepultura
Alguém eleva a voz dentro da escuridão
alguma mulher morre alguém será feliz
Como o romano morto pela própria espada
busca num gesto ter muito embora adiada
solução para a vida mais que para roma
hei-de saber chorar a morte que em ti mato
É a tua saúde para mim doença
e alegra-me a tristeza que te vela
e tenho toda a morte que há na tua vida
A longa noite pesa-me nas pálpebras
há coisas que terminam não é isto
Na fronte é que te fere a lâmina da morte
fala por mim a faca que te mata
é esse ferro a minha única voz
Fim não teria a minha dor se a partir do valor

da vítima devesse calculá-la
Há populosas nuvens que preenchem céus de solidão
há quem afirme que ninguém te viu morrer
são mais do que as que há as coisas que não há
Homem sujeito ao tempo em vão me rebelei
e se jamais alguém eu dominei
muito menos a mim me dominei alguma vez
A vida é de momento na verdade morta
mas que ela fosse tudo nada importa
Que nem sequer o sino venha despertar-me agora
envolto nesta noite sem vindoura aurora

MEDITAÇÃO ANCIÃ

Seria outra manhã esta manhã
se sentado num banco eu que sentado penso
se eu que aqui me sento aqui me sinto
mais à margem da vida do que à beira da avenida
a não sentisse tão sensivelmente eu
abrir como uma flor e ser o espaço
que há nesse regaço tutelar do céu
A criança que dança não só nunca se cansa
como à volta se amansa a revolta revolta
das folhas fustigadas pelo vento
em dias de uma tão densa destruição
que é o avião o meio mais discreto de partida
para quem deixa a vida mais do que a cidade
onde velho encontrou a mocidade
Deixem passar esse homem que até mesmo quando vai regressa
ninguém lhe peça que haja em sua despedida pressa
Cada árvore cai em cada folha
e assim se multiplica essa queda
da vida vertical do tão vibrante verão
Que fica disto tudo que talvez nem fui
talvez mais que ilusão ou mera mão
que em níveas nuvens mais que alveja neva?
Já hoje quando passo se não abre nenhum espaço
e não cai quente nada cai cansaço
e se é muito o que faço afinal só envelheço

Nada quero ou rejeito e se o que digo digo
só falo por falar para afinar a língua e
nenhuma coisa amigos na verdade peço
Que haja sempre sol onde eu estiver
de pé à superfície desta terra
Que se o não houver se preocupe por nascer
e dissipar a treva que em meus olhos erra
Que seja tal o sol sobre a minha cabeça
que a menor escuridão se desvaneça
e não só aqui fora mas também no coração
Nenhum dos muitos meus dos mais autenticados documentos
terá dito talvez quem talvez tenha sido
Aliás não fui muito até se fui quem fui
Fui este sol intenso neste outono de madrid
sobre as crianças todas que são donas deste espaço
da manhã do domingo aqui nesta cidade
onde muito mais estou pois estou em salamanca ou ávila
Sem mim jamais o sol seria este sol
nem outro sol qualquer sendo este mesmo
Fui talvez um destes plátanos do paseo del prado
que tanto vejo e que tanto revejo que já nem desejo
procurar em ribera a vida morta nele e viva aqui
Fui alvo do outono perdi folhas
e sobre esta cabeça choveu tanto
e vergou tanto ao vento este meu tronco
que se a noite vier de bem pequena altura hei-de cair
O outono o que é para mim o outono?
O outono é a suspeita de que tudo acaba
de que a exaltação do verão é uma ilusão
O outono é sabido é eu ter sido
Há folhas nos meus ombros tenho só passado
que água absorverá ao fim este corpo cansado?

Quero morrer sob a máxima chuva que chover
sobre o pouco de terra onde se me promete apodrecer
Hei-de ser ser sobressaltado no seu sono
mais merecidamente horizontal
do que antes geograficamente ocidental
Ó crua condição cruel contradição
Hei-de ser querem ver algum cadáver de betão
e o meu corpo pilar onde talvez há-de apoiar-
-se a construção civil de casas onde os corpos
são frios como as casas feitas para a vida
dos homens a quem tiram dia a dia a vida
Não fui talvez sequer nem sonho ou mão
talvez fosse somente nada sem mais nada
Meu deus meu nome mera exclamação
até nós vinda através duma tradição herdada
que é da minha vida que é destruição?
E cada folha cai tão grande queda
que eu que sonâmbulo sigo ao longo da alameda
recebo cada folha como uma pedrada
Alguma coisa acaba e até parece coisa
algum dia distante começada
Está realmente certa a conta pois dá tudo resto zero
fiz a prova dos noves tirei tudo e tudo é nada
Sou um homem que entra na velhice como
se porventura entrasse em sua mais profunda casa
que coxo para lá caminha sob as folhas outonais
e que pouco mais leva do que os olhos húmidos
O duche de água fria lava em mim a poesia
e sabe-me a sabão se sabe a alguma coisa
coisa tão suja como o é a poesia
Sinto-me velho sei que nada valho
e amei mais o orvalho do que o ouro velho

Eu peço pouco espaço peço uma manhã
e um dia alguma terra apenas isso
O resto foi o mar e mais que o mar mulher
foi o prazer de ouvir e mais que ouvir foi ver
Terei sido uma coisa uma pequena pedra
fechada sobre si aberta à terra
A minha profissão foi esta fui pretexto para a vida
ser de algum modo em mim a vida o que é
sensação movimento consciência
contradição da morte horizontal tendência
Não fui nem a gravata nem o passaporte
não fui o diplomado ou o anel
não fui sequer um nome uma coisa talvez
uma coisa oxalá a terra que se encerra
em desafio lançado neste azul
à noite que impossível certamente agora
mais logo inexorável sobre nós se cerra
e mais que sobre nós sobre esta vida
insólita insolente e indomável
Cada folha que cai enche completamente um dia
tem uma extremidade no nascente e outra no poente
Cada folha que cai cai ritualmente
vive a vida da asa de uma ave a
serenidade inúmera das duas simples asas da gaivota
aterra tão suave que parece filha das alturas
altivas onde as árvores terminam
para que o céu aí já possa começar
A luz apenas é o resplendor de cada folha
As árvores são as coisas mais humanas que conheço
as árvores são todos os pais que tenho e que não tenho
as árvores perfilam-se e insurgem-se por vezes
contra pessoas que de carro passam pela estrada

e morrem abraçadas contra elas
as árvores são inacreditavelmente verdes
árvores verdes mesmo e verdes não por aliteração
as árvores infringem todos os horários
as árvores permitem-se tomar iniciativas
há árvores até que atravessam a rua
sem ser pelas passagens dos peões
que chegam a cumprimentar quem passa
a caminho da vida a caminho da morte
As árvores não são destas cidades
as árvores são sombra sentimentos e pressentimentos
as árvores são as íntimas vizinhas da mais chã das terras
as árvores são tanto e de tal modo árvores
que ninguém pode sem abuso chamar árvore
a uma coisa que não seja árvore
a ninguém se permite recorrer a elas
como metáfora ou segundo termo da imagem literária
as árvores são altas como os olhos das pessoas que mais amo
e não suporto ver no dia-a-dia
onde me negam tudo quanto afinal quis
fosse criança árvore paul raiz
E aqui temos este homem que envelhece ao sol de outono num jardim
que dissimula a idade entre representantes da diversa juventude
que ingenuamente oculta as rugas junto de futuras faces
que olha para as folhas dúbias dos vizinhos plátanos e sabe
que amarelece e cai antes talvez que todas elas
homem que só talvez disponha desse espaço de um domingo para envelhecer
coisa não tão terrível como possa parecer
homem de olhos molhados homem
que até na morte busca uma forma de viver
Eu quero agora estar sozinho com a tarde
com toda esta tarde e não apenas com o fumo ou névoa

eu quero consagrar-me a esta tarde
e que seja esta tarde a minha tarde
pois desço sobre a terra eu que fui luz
e ao viver assim tão vivamente a mim me consumi
No entanto não sei garanto que não sei
talvez um dia eu possa ir ao cinema
claro que vou diversas vezes ao cinema
mas um dia talvez eu entre no cinema
e saia mas de vez de todas estas ruas
a que tu meu amigo mesmo que não queiras
mesmo que antes só visses veredas e atalhos azinhagas
ao fim e ao cabo um dia te habituas
e são mais uma coisa costumada ruas
onde circula a confusão dos carros
talvez um dia eu entre decisivamente no cinema
e deixe atrás de mim a minha vida de hábitos e gestos
tão cruel para mim que apenas posso ser cruel
com as poucas pessoas que amo intimamente
Sim pode ser talvez um dia eu entre no cinema
como quem entra decididamente num país
forma perfeita do que mais profundamente quis
Rodeiam-me e rasgam-me e roem-me animais
e embora os homens nos destruam mais
já tu ó brueghel nos pintaste
o que nos fazem certas vezes certos animais
Como a tarde é comprida e que comprida a vida
tu não me telefonas nem ninguém
na tarde insuportável do domingo
procurará de novo desvendar o que fazíamos
junto ao portão de ferro enferrujado do jardim
vizinho da igreja abandonada
ignorada por certo injustamente pela câmara

de um bom operador de certos filmes de antonioni
Não existe o domingo nem a tarde
somente existe aquela mulher gorda mulher velha
não somos nada nem nada sabemos
Há nuvens no olhar desta cidade
há nuvens sobrepostas sobre a minha vida
Por trás da longa chuva as árvores de sol
ao fim da tarde um dia com lugar para a alegria
um dia onde conseguiria assoalhadas várias
pagáveis durante anos isto é durante a vida em
suaves prestações segundo muitas fórmulas
Talvez alguém me espere há afinal alguém
há gente nova há festas há futuro
Que importa depois disso malen minha amiga
o olhar triste de um homem maduro?
Tinha múltiplas mãos cheias de sol
mas já ele desceu de guadarrama sobre os campos de madrid
e põe-se agora neste outono inutilmente
nas costas desta gente que regressa nos seus carros
à cidade na tarde de domingo
Toda essa gente tem mulher e filhos
tem um emprego à espera tem vizinhos
um pôr do sol de que lhes serviria?
Concedam ao poeta mais comprido em sua sepultura
chuva suplementar capaz de lhe levar
um pouco desse mar seu conhecido e amigo
e mais água que terra absorva sorva o seu olhar
Dormir ele descansado pode porque há-de
sempre haver homens sob as tristes árvores
ao longo dos compridos corredores
envolvidos na noite circundante e
com quentes candelabros entre as mãos

à janela e ocultos por cortinas porque há-de
haver sempre pessoas pra perder comboios
gente para perder as estações perder as árvores
gente para perder e para se perder
como acontece enfim ao fim a toda a gente
Como é triste a velhice como é triste
insistir tanto e tanto e ser-se como quem desiste
E eu sentado aqui e sem ninguém porém
se menos só me sinto é quando a sós comigo e
quando estou mais sozinho é quando estou contigo
É a aragem cortante como uma navalha
que neste outono a mim me restitui madrid
aragem que eu há anos conheci na branca crato quando
à noite pelas ruas punha os pés nas pedras
povoava de passos as calçadas ao luar dos candeeiros
A dois passos de mim e da avenida
o pétreo olhar de pedra onde petrificou
a cálida emoção do quente coração de quem
buscou na vida coisas como alguém e não teve ninguém
Estão a ver há coisas como nuvens
há toda a dimensão de uns olhos de mulher
há domingos manhãs há manhãs de domingo
e eu a uns talvez oito mil metros de altitude
começo de repente e sem remédio a envelhecer
Tive um passado e tenho apenas tê-lo tido
nenhuma noite e toda a alegria do sentido
nunca nem mesmo então me convenceu o são joão da cruz
e hoje é muito tarde para convencer-me
o irreal real de voar sobre as nuvens
o olfacto e a vista brueghel o ouvido
Não quero não senhor nenhuma coisa mais
eu fui exclusivamente estes sentidos corporais

Há um mar lá ao fundo destas nuvens
há ter havido um homem como eu
há eu ser um pretexto para em mim
a vida haver breves instantes sido
As nuvens são uma areia muito branca
e há água lá ao fundo e posso preparar-
-me para purificar-me pela água
de todo este meu imundo mundo
Sobre quantos analfabetos me edifico?
E no próprio vinho que bebo ou beberico a
estes oito mil pelo menos metros de altitude
bebo aí nesse vinho a minha imperdoável abjecção
e santifico a condição de todos os que sofrem
a servil sujeição de pela mão
fazer chegar até a mim o vinho
Aqui de vós ó servos eu me fio mas defendo
aqui eu sou senhor mesmo se obedecendo
As nuvens aqui têm lá ao fundo o mar
as nuvens são a terra e a terra o ar
e é tudo como atravessar o longo corredor da noite
num comboio comprido que a perfura
assim a vida volta a ter para mim sentido
Aqui eu fui feliz aqui fui terra
aqui fui tudo quanto em mim se encerra
aqui me senti bem aqui o vento veio
aqui gostei de gente e tive mãe
em cada árvore e até em cada folha
aqui enchi o peito e mesmo até desfeito
eu fui aquele que da vida vil se orgulha
Aqui fiquei em tudo aquilo em que passei
um avião um riso uns olhos uma luz
eu fui aqui aquilo tudo até a que me opus

Aqui eu sempre aqui me senti bem
aqui quando sofri eu fui feliz
pois ao sofrer senti-me ser alguém
aqui mesmo se mal me senti bem
aqui me senti mal mesmo se bem
aqui meu deus morri meu deus ou minha mãe
meu deus um mar de nuvens e nas nuvens eu
meu deus as minhas nuvens eu ninguém
O avião as nuvens casas carros
a tese o tema a ave o avião
imitação que imita o que a suscita
talvez alguma vez me vejam de aviões
passar pesadamente rente à terra
As árvores ao vento os cabelos ao vento
as folhas verdes os cabelos loiros
folhas sombrias tristes quase humanas
cabelos naturais e quase minerais
tudo deve visivelmente a vida ao vento
Meu deus como amo a espanha este país toda esta gente
apenas o país e a gente quando gente
meu deus quanto fiz minha esta espanha
na cor da pedra de uma igreja de segóvia nas
tabernas ruidosas pelas festas de alicante
onde só por um duro soam tachos e panelas pendurados nelas
na juventude enchendo arguelles pelas noites de verão
cantando ao som das palmas rindo amando
Mesmo se porventura um dia em espanha
a pessoa civil que sou fosse considerada estranha
sempre teria um riso ou gesto gente a ajudar-me
e na falta de gente que até hoje nunca me faltou
não duvido que as próprias árvores haviam
de cobrir com as folhas os cuidados

É aqui neste dia é no outono
que o verão é na verdade o verão
Eu cercado de sombra outono e chuva
vejo através de um espelho vir até junto de mim o verão
Mulher mar ou verão palavras que são coisas
peço perdão coisas que são palavras
mulher mar ou verão trazidos pela mão da
tão vilipendiada mas concisa como uma granada rima em ão
ingressam no poema donde na verdade são
Vem até mim mulher filha do mar
vem com o vento e traz contigo o verão
separa esse teu corpo pura aparição
da espuma flor da onda indício de água
invejável até para a nascente vénus
de botticelli ou da exposta no museu de caracalla
Mesmo através do espelho ó mulher vem
não temas invadir sequer a solidão
de quem de livros lápis folhas se rodeia
porque é condição sua estar sozinho
e é afinal a solidão a sua profissão
Esse mar essa praia esse azul são coisas minhas e
mesmo que porventura não se encontrem registadas em meu nome
nem o registo do meu nascimento conste
do vasto livro dessa freguesia
foi aí nessas águas que um dia nasci e
se ainda não morri posso morrer um dia
que mais eu queria confundir-me nessas águas
das quais um dia quase já cheguei a fazer parte
Ó mulher o teu corpo vertical afirmativo
mais firme nessa areia do que pau estaca ou raiz
corpo que corporiza a juventude
o tronco o rosto a cabeleira todo esse ser vivo

o sorriso o olhar o próprio andar fotografado
não me vedam a mim o acesso ao mar
a esse território transparente e colorido
que se possui ou só por o olhar
ou por nele misturar o nosso corpo
Teu vulto é um caminho para o mar
ou nem mesmo é caminho pois o mar e tu
são sendo dois somente o mar ou tu somente
O mar é mais o mar devido a ti
o mar vive é viril e vertical
porque emerges das ondas sorridente e natural
Tudo parou e tu na tarde corres
e eu misto de livros e de dias
eu que faço da vida uma questão comigo
que luto corpo a corpo com a minha condição
que fazer deste verão agora no outono?
Mas há a voz dessa criança na distância
voz virginal possível sobre a terra
inocência e assombro confiante confiança
Que hei-de eu dizer a essa criança
que lhe digo da vida que promessa
de paz posso poisar nessa cabeça?
Que peso pesa já sobre esses ombros
quanta seriedade há já nos passos que me a trazem
ao fim do dia desde a escola a casa
Como dizer-lhe que tudo é esta terra
que outra terra que houver é desta terra
que há gestos inúteis nas melhores das mãos
que nada tem no fundo algum sentido
que é escusado que não há saída
que se qualquer sentido tem a nossa vida
é só no fundo ver passar o tempo

pensar alguma coisa olhar as folhas
enquanto a noite súbita não desce?
Como dizer-te que não há coisas por detrás das coisas?
Como dizer-te que não não e não renão?
Desculpa sou um velho tens razão
E a noite curva o dorso sob as árvores
ante a solenidade do outono
A noite domestica-se a si mesma e convive com as ruas
e mora como nós numa cidade
A noite agora continua o dia
como que se alumia e se envergonha de ser escura
não é apenas pura negação da luz
A noite é acessível amolda-se a nós
há agora uma noite pronta pra vestir
A noite surpreende-nos na falta de surpresa
E procedo por fim à sondagem silenciosa desta noite
de novembro rente às árvores de sombra
aos hálitos de luz que aqui ali definem a tão pura escuridão
lá onde ambiciono não ter chão no chão que então terei
até ser assim chão como esse chão que sou

AGORA O VERÃO PASSADO

No passado verão agora tantamente tão passado
verão coisa que na verdade vocês verão
leitores meus autores que verdade verdadinha não existe
no passado verão se o estive estive aqui
Que não sabia então que a solidão
das plantas no inverno a solidão
do cão de francis bacon foragido
a solidão do cão de francis bacon
num quadrado encerrado e mesmo até geometrizado
acossado talvez pela delimitada dimensão
dum quadro exposto no museu de arte moderna
em nova york e visto agora numa má reprodução
na casa sobre o mar do meu amigo joão miguel
a companhia só possível fora dessa implacável simetria da
pintura que na vida tem cruel caricatura
desse cão fustigado a farejar a fuga
desta diária saga que nos suga
cão de antemão sozinho e só senhor da solidão
que não sabia então que a solidão
que a chuva a solidão a solidão a chuva
cheia na uva mas vazia ou só cheia de vazio aqui
que o não sabia sei-o eu sentado aqui agora
sentado aqui aonde vi senti perto de mim
a jacqueline que distante agora mais queria aqui
que quando no verão cegávamos os olhos do limão

no fundo desses copos desse péssimo gin tónico
ó meu amigo cão mais só que as devastadas plantas
mais acossado mesmo que os cuidados cactos
limitados capados nos regados vasos
cão que tens por contorno a companhia
que tens precisamente fora quanto dentro tanta falta te fazia
ó meu amigo cão dás-me tu pelo menos
a mim que não sei bem como sair de tudo isto
melhor que coisa alguma a tua mão?

Silêncio solidão sonata apassionata
música ouvida e reouvida e repetida até à exaustão
sons que soletro célere mais só mesmo que célibe
na noite tecla a tecla coração de prata
que vibra verbos versos contra os vidros do meu quarto
ou do quadro onde cerrado sinto ser menos que o cão
vida só viva minha voz que só me inibe
ouvido com que oiço quem espero que me oiça
coração quente tecla a tecla técnica de timbres
noite envolvente velas sons silêncio voz que poisa
nesta página pedaço de papel única vida
se não já mineral ao menos vegetal vida contida
em cada flor das pétalas despida pelo vento do mar vindo
após ter posto mãos nas penas desse pato preto ou pardo
e preparado para mergulhar no mar sobre algum peixe
secreta minudência com que à noite cuidadosamente observo
o suspeito comportamento das catorze velas das
duas ou três candeias das duas lanternas da
maneira como cresce diminui varia a luz
nas torcidas pavios onde a luz precariamente vive
o drama de brilhar à custa de se consumir
noite em que em noite envolto mais contemplo concentrado como

cada uma de todas essas luzes mutuamente se vigilam
e conspiram não tanto nos históricos palácios
e intrigam cochicham em escritórios organismos
como combatem pela posse de um poder que pode mesmo ser
o do domínio sobre as abas do chapéu nocturno de van gogh
que se vigiam sob as vistas não dos vultos dos antepassados mas
sob o olhar dos posters de crianças guerrilheiros
dos rostos de mulheres gestos de mãos e a maçã na mão
de um discreto nu que em vez da ceia do jesus tradicional
garante à refeição idêntico sabor sacral
maçã que após a boca o tempo rói corrói
vizinha das cerâmicas e barros destas redondezas
concentração de azeite cera estearina e sebo
e de petróleo oh o petróleo o cheiro do petróleo
outrora nestas noites nestas casas
meu deus outrora a casa a nossa casa
meu deus hoje só nós apenas nós

Mas nada há já do verão que houve aqui
todo ele edificado sobre a areia
que nem sequer a mim bem me conhece
a mim que sou se sou homem do verão
Tudo passou e desses nossos todos já passados repassados passos
não há mais do que traços em fasquias
e em cordas onde a roupa vive ao vento
após ter sido humana um momento
Tudo em nós é o tempo e o tempo nada poupa
nem mesmo essa roupa bem mais viva do que nós
Quanto eu não dava por multiplicar a multidão do mar
quanto ó seja quem for eu não daria por ser coisas
como aqui como cá como cada coisa aqui
como uma cada coisa mais coisificadamente coisa

por ser de novo tudo por ouvir bater as palmas
nesta noite de mar qualquer das noites de madrid
e o sereno abrir por ouvir outra vez se possível talvez
os meus muitíssimo sozinhos mais sozinhos passos
por ser como morrer ou descobrir que só vivi
ao morrer ao chegar nascer ou descobrir
que causas casas coisas novas que madrid
Que pena morar eu nessa cidade onde nasci
madrid onde nasci e onde vivo é a única cidade
sem dúvida impossível para mim
Meu deus como eu gostava de morar mesmo em madrid

Tragam-me tudo menos a infância a
infância é um lugar de sofrimento
o mais secreto sítio para a solidão
Mas se é tudo o que têm para dar-me
a luta corpo a corpo contra cada coisa
quer ela assuma a viva víbora de um rio
quer se congregue ou se corrompa como uma maçã
quer ela enfim adopte a pérfida estratégia da manhã
que me falem do mundo nunca da infância
ou então que me dêem a infância hoje em dia
e jamais hoje aquela infância então

O tempo passa e poisa em cada face
e tu sombra suave que mais passas do que pisas
tens cabelos que entre ser e nada
nada mais são do que fronteiras indecisas
Somente o sumamente mundo inexistente é que
no fundo para mim existe verdadeiramente
Quer na vila ou na vida há viva alguma vela
que o vento vindo mais aviva nela

com medo claro teu e claro medo meu de te encontrar
e assim mudar o mar para a meseta
A distância aproxima incontestavelmente
se vou de portugal falo melhor o castelhano e se
sinto sentir por ti quanto sentir consente quem mais sente
difícil é ao vir que um sentimento assim aumente
como difícil é acrescentar dias ao ano que
são certos e determinados dias rigorosamente
O sol aqui esquece quem o sol aquece
ou esqueceria mal o sol pudesse
A minha vida é como um certo corredor sombrio
de tecto baixo e lúgubre dos lados
com inúmeras portas mas fechadas
e só lá muito ao fundo se divisa
se é que se divisa uma janela
que me promete árvores e relva
e um mundo de verdura que perdi
até porque em criança vastamente o conheci
Homem no mundo sou homem no mundo sonho
mas o mundo que querem para mim os homens
o mundo que me espera às portas da cidade
é um mundo sem homens é medonho
Nenhum pássaro canta no meu íntimo
A ti mulher que te perdi assim te vi
recebi-te mulher como uma casa que se herda
rapariga redonda sobre o coração
encarnação feita perfeita das deusas antigas
ou de certas figuras do renascimento
que bastava beijar para desfigurar
eu recebi-te e vi-te como quem da morte vem ou como
quem sai da sonolência tão sentida quanto a vida repetida
Rapariga sem rosto e sem sepulcro

que no meu peito vivo tenhas túmulo condigno
se a noite te envolver antes de me envolver a mim
tu que agora és aqui quem eu já fui
sino que pelos campos distribui
sons tão vivos e espessos como aves
num tempo que medeia vamos lá entre medeia
e as deusas da aldeia onde vivi e onde
o vento casual que por ali de súbito passava
ficava ou filmado ou mesmo até fotografado
Assim sobre o meu corpo o fogo venha um dia a triunfar
estrela dos reis magos desde então desaparecida
só agora visível mas serodiamente
no céu enevoado que me cobre a vida

Que estas minhas palavras firam fundo embora
miudamente eu não observe já a natureza
e saiba que decerto não por um decreto
mas por alguém em que a história se pensou
toda a verdade seja filha do seu tempo
e me sinta incapaz de santificar fábulas
Que nesta homenagem mais que minha
ou vibração da terra ou voz da água
desçam horizontais como uma aragem
a paz e o silêncio e pouco mais
e que nos vença o tempo aquele tempo
que em vencer-nos só sentido tem
E que esse verso voz vibrátil do momento vença
um verso novo e fundo incontroverso essa
criatura ondulante e repousante o decassílabo
Seja ele por exemplo o espaço onde um anjo inaugura
as sábias sílabas centradas nos acentos
ó ave leve do meu verso apesar disso decassílabo

madeira musical e comovida maravilha
Vençam a alva garça coroada em graça
as gralhas de segóvia ao fim da tarde
até dissimuladas sob as sílabas dos nomes
vistas em contraluz quando saíamos de vera cruz
templo templário onde contemporiza
a pedra com o tempo o tempo com a cor
terrível templo para um deus ausente
que o enche de vazio e de uma ausência que se sente
Que vença só em suma
o destino despótico dos nomes
pressagas novidades pérfidas pendentes
mundo que acaba mundo que começa
águas medievais águas nascentes
uma vida feliz vida formal vida normal
Pensa por mim ó deusa pensativa
pois pensar é morrer e é preciso viver
e a tarde é clara e limpa como a divisão
da entrada da casa de outro tempo e de outra terra
tarde lavada como esse soalho que herdava da mão
brancura à custa de joelhos brancos e sabão
amarelo ainda sei de cor a cor
Que destas minhas pedras lapidadas reunidas
na maior violência vicinal possível
nada resulte tudo se destrua e sobretudo que
nem mesmo quente coração algum
ouse pulsar ainda sob a sua frialdade
Que não mais as mulheres actuais
quebrem cinturas ou arqueiem braços
como se ainda transportassem ânforas
ou cântaros ou bilhas ou asados
Jamais os nossos olhos fossem outra vez limpos outrora

que os deslumbrasse a transparência original da água
doméstica num copo indomável na frágua
tornada linguagem no porto batel
Toda a vida é terrível estes dias assassinam-me
sob a capa inocente da luz transparente
Odeio insisto este tempo detergente e sou
como quem de repente muitos séculos depois pressente
que foi no fundo um só poeta líquido
e não um rio de linfática carreira
olhos de sombra calva triunfal e musa
nalgum paradisíaco lugar chamado portugal
Se tu que és meu amigo porventura um dia
no estrangeiro me viste foi por estar aqui e
se me encontraste foi porque me não viste

Eu quero ouvir aqui cantar o mar
eu quero à noite ver aqui as vagas alvejar
e derrotar a sombra e devastar a terra
Eu espero ver-me aqui violenta vítima do mar
como submisso súbdito dum senhor feudal
Concentro-me solene sou humilde morro
reduzo-me às restritas letras do meu nome
Sou coisas como aquesse nome que sonhei e evitei
sou tanto como tudo tudo sou ou nada
contentam-me os limites de um canteiro e caibo
num concentrado e curvo cotovelo
Sou uma solidão sou uma coisa
anónima essa pedra sobre a terra
não tenho nem um nome nada sei ou sou
e se alguma coisa soubesse saberia o
que sabe quem de si e de toda mas toda a sua vida
no íntimo e no fundo enfim se envergonhou

Sonata apassionata surdez de sons sonoros
ó música esquecida e repetida
e recobrada e redobrada e destruída ó obsessão
de quem senhor da solidão que é seu senhor
à volta tudo à volta a noite tem até poder
a companhia quente do seu véu de solidão

UM DIA UMA VIDA

Não vazes tantas vezes vozes rente ao vento
e não escutes os pássaros nem mesmo o mar
não oiças nem sequer o vento se soprar
ouve o tempo passar escuta a sua voz
pois o tempo tem voz o tempo fala
Está atento abertos os ouvidos ouve
a vida é uma vasta música suave
É esta praia esta dúzia de casas
curiosas do mar que as lambe lá em baixo
a verdadeira capital da noite
Nos limites marítimos do burgo
de casas calmas sob as pálpebras da morte
dormindo à luz da lua sobre as ondas
que trocam mais abaixo espuma com as rochas
nos extremos atlânticos de aquesta povoação precária
o homem abafado pelo alvo algodão do sono
transforma-se num peixe e devora esse peixe
sem pressentir sequer que a si mesmo se devora
Outras vezes o homem sempre vítima do sono
afaga na almofada um vulto imaginado
e dá-lhe mesmo um nome sem saber
que nomear as coisas é criá-las
Entretanto a sereia sulca o nevoeiro
nas masmorras erguidas na orla do sonho
depois de o náufrago nadar nu nos lençóis do leito

sob a noite cerrada sobre a cru cruel
concórdia do convénio conjugal
E há sonhos e segredos vislumbrados véus
nos que dormem nas casas onde o mar mergulha
Vêm flocos de neve à tona da memória
e doses simples ou dobradas meias doses
de uma lua embalada em lenta trajectória
sulcam o céu de telha ou de betão das construções
Inexploradas conchas sobressaltam os caminhos
calcados por aqueles que o mar chama
e favas e feijões inaugurais rompem a terra
sensível à semente que a fecunda
cavada num convívio de indistintos mortos
que em sua noite metafórica articulam só
a imutável voz possível às inscrições pétreas
Mas já o coro das primeiras aves ergue um cântico
na vasta catedral do céu ainda indeciso
quando a alva alveja os sonhos dos vizinhos
embora ainda os embale o naufrágio do sono
A povoação ondula como um lago
levemente mexido pela névoa que inaugura
o espaço disponível para o dia
Ao sol horizontal saem de casa os habitantes
que após o sol não são os mesmos de antes
O tempo passa ouve o tempo passa
faz um breve ruído e passa irrefragável incontido
Já o primeiro sol surge e retira
a sonolenta capa que cobrira cada face
e as gaivotas filhas da manhã
trazem no bico a fímbria da recente luz
E começam colunas de neblina a irromper
das chaminés de renda das recém-despertas casas

As árvores são verdes é sólido o mar
o tempo passa há raparigas novas
sinto-me em paz as coisas estão no seu lugar
Uma criança chora a terra rola há roupa suja
eu morro bem o sei mas o mundo melhora
Para quê destruir um por um os relógios
se não existe rosto onde não poise pés o tempo
que é feito de passar como de água o mar?
Sabe-me bem sentar sentir-me vivo
sem ter que sujeitar-me à morte mísera do sono
Leio o futuro nas folhas de chá
e vou verificar se o mar ainda lá está
no extremo ocidental do forte onde as gaivotas
procuram povoar ou abolir a solidão
O sol senhor despótico domina
o vasto principado que ilumina
O tempo continua a emitir a sua voz
Pudesse eu eleger por mim a companhia
decerto levaria apenas árvores ao lado
Um deus somente podia afogar
a cabeça no mar da minha vida
Começo a caminhar na madrugada
entre sardinhas e mulheres saltitantes
e ao chegar ao mar penso pregar
o meu sermão de algas e sargaços sobre a esperança humana
sob o canto dos pássaros e a língua dos vizinhos
Neste jardim só cresce a roupa seca pelo sol
as coisas são ou não não são verdade ou não
o povoado cheira a comida e maresia
e através da vida desafia o mundo o nada
Que hei-de fazer se sou a gata borralheira?
— canta a convulsa rapariga oculta nos arbustos

E em vão voga na expectativa de quem nunca vem
mordiscar-lhe a papoila mole dos lábios
com a sofreguidão da truta ao absorver o anzol
Um forasteiro só certa vez a beijou ao vê-la distraída
mas por mais que esperasse nunca mais voltou
a dar-lhe um beijo só em toda a vida
E o hálito leve de insolentes raparigas
embacia os espelhos da manhã
E quando até mim chegas deus chegou
mulher inesperada meio mulher e meio madrugada
recortada no céu de um homem que desesperou
tantas vezes voltou de mãos cheias de nada
Eu quero para mim parcelas de manhã
delas farei um tempo para mim
um tempo de porvir que se detenha
tempo que se renegue e seja tempo
e que ao negar-se afirme a sua condição
As coisas em redor prodigalizam cor
coisas que se concentram que têm sabor
E vejo como orvalho o teu olhar tombar
primeiro quase sólido e depois vapor
evaporar-se e dissipar-se como halo ou hálito
Teu corpo acolhedor calma baía
recorta-se na luz agora a esta hora
e alegra mesmo até a alegria
Pressinto que vieste e finalmente veio alguém
que verdadeiramente vem sem bem se saber quem
Pões os pés na manhã e tudo são caminhos
a orla do vestido roça no rocio depois do
baile breve na praia iluminada pela lua
muito mais tua do que do planeta
onde vivemos pois à tua volta

é que descreve a lua a sua órbita perfeita
A noiva tem no seu vestido branco óptima mortalha
e tem escovas de dentes iminente vida conjugal
dias de sol inúteis como logo este jornal
por trás do rosto imóvel que prospecta ao espelho
uma última vez antes de à casa sobrepor a igreja
O tempo não parou ó noiva é esse o mal
se hoje és imortal que oxalá amanhã
leve a terra te seja
Em sonhos sempre alguma borboleta sobre ti
desceu e escureceu a própria escuridão
sobre essa silhueta de senhora do olhar
sozinha em vida e pelo ar apenas rodeada
cercada só de terra e na morte isolada
Saíste com a aurora vertical recebeste o meio-dia
escondeste-te na luz perdeste-te na estrada
e não deixaste nada além da tua ausência
As vozes são às vezes vítimas do vento
à criança que foi substitui-se o adulto
cada rosto destrói as sucessivas formas desse rosto
um rosto é um momento
Um homem pisa pedra a pedra uma calçada
e ao pisar a primeira está a última pisada
A gente pela rua vai e vem
mas pela vida vai-se e nunca vem ninguém
O som do órgão ultrapassa os azulejos
a mole da igreja e inaugura a primavera
Não oiço a voz do mar oiço o tempo passar
É primavera mesmo sobre a minha idade
sobre os anos que põem pés pesados no meu peito
(eu agora nem mesmo me revejo já
nessas fotografias nessas outras tantas mortes)

A música solar murmura em meus ouvidos
o mar dorme um profundo sono azul
um grupo palrador de pombas arredonda o adro
e ao ver uma gaivota cospe um pescador
para na pesca o não abandonar a sorte
Grandes nuvens me nevam na cabeça
o dia alastra como um canto líquido
e com um mata-moscas procuro matar
o sol em cada raio que devassa os vidros da janela
A luz valsa e verseja em cada pedra
rebenta em ondas na margem do dia
parado como um mar a ventos não sujeito
A terra é musical no meu país
cantava tanto a brisa nas espigas
nas débeis raparigas nas umbrosas oliveiras
quando ao princípio éramos os campos e eu
E nem sequer essa magnífica mulher
de um olhar que apenas por brilhar já transfigura o ar
que nas mãos manipula embrulhos e palavras
consegue afugentar a primavera
que entre dois ladrilhos do comprido corredor
culmina e se concentra numa flor naquela casa
(qual será o futuro dessa flor
que os campos renegou e mal nasceu domesticou
a explosão natural do reino vegetal?)
Boceja a tarde soalheira e sossegada nos
plátanos calmos como o espaço dos domingos
e o mar encosta preguiçoso a fronte
no regaço que a terra intimamente tem
na cúpula do corpo da nutrida primavera
nos confins da aldeia cheia de um odor de amor e mar
Vejo a fazenda a vida ameaçadas por

espumas e brisas de uma cor esmeralda
e o louvor dos pássaros crepita
no fogo fluvial do mês de agosto
Ó natureza nua mãe do mundo
eu sacrifico apenas ao deus bach esse deus que
numa abóbada de música domina
A solidão rumina neste cabo
onde a névoa se adensa e principia a evocar
a geada caída no primeiro jardim
do homem donde ergueu o voo
a gaivota que agora um arenque devora
E entretanto a tarde não tem mãos a medir
e enquanto não cair os homens e os campos
sujeitam-lhe uns a vida outros a superfície
aceitam-na como uma solução
O sol que nasce põe-se nos teus olhos
e mal os fechas logo a noite desce sobre
um rosto que resume rápidas mulheres
Quando passas eu passo a conhecer de cor inúmeros países
há morangos vermelhos nos teus seios
e arremessam-te olhos curiosas árvores e ávidas janelas
que te deixam na rua puramente nua
enquanto o som do sino soa no teu peito
e o sol se dissolve em teu vestido
Pensam martirizar as tuas ancas
amaldiçoar maldizer o teu nome
e assassinar-te com olhares elaborados
no silencioso e chão laboratório
onde calculam complicadas cúmplices maquinações
tenebrosos embaixadores do país das trevas
O sol suave como um pensamento
despenha-se nas águas entre nuvens

e à minha volta fecha-se esse férreo
abraço conjugal que a sociedade
usa para devassar a intimidade
Mas se eu escancarar de par em par
as portentosas portas do acesso à minha vida
hão-de inundá-la ao mesmo tempo sol e mar
únicos portos para os meus navios
Afoga-se o crepúsculo na noite
como nele se afogara já o dia
e eu velo não venha a morte ver
se pálpebras pesadas me não velam
o olhar minha única defesa
Há magos que de flores fazem raparigas
que devagar se enfeitam para a festa
do fero e feroz fim da luz diária
Os mortos surgem nos seus fatos domingueiros
lágrimas luzem lá onde ontem uns olhos olharam
As ruas são de noite como que canais
por onde só circula a sonolenta escuridão
Saio de casa ou sóbrio como um domingo
ou exuberante excessivo como um sábado
Vindo da agricultura e da cultura por
folhas de terra e páginas de livros
ordenho umas palavras leves e leitosas
e com elas procuro apreender deter o tempo
obrigá-lo a parar e impedi-lo de passar
Mas oiço-o falar é sua esta voz
Cobre-me o corpo a escuridão e cai sobre ele a chuva
e as nuvens indecisas contra as quais se apoiam
os arcos e abóbadas da noite
solidamente assente em dunas ou colunas
da mais universal obscuridade

comunicam-me a mágoa deste tempo português
e chego a pôr em causa a minha nacionalidade
Há uma luz lunar que ilumina o mar
e esparge pela areia pela maré cheia
o poema de espuma que lhe cabe recitar
e me fala das cinzas a que se reduz
o céu breve e restrito de uma noite
abençoada noite de mulheres
que quando dormem mais estão despertas
e são reais louçãs e temporãs
Faço uma coisa ou outra e depois disso
é ao túmulo só o sítio aonde tenho de ir
Preciso de dormir e só na pedra tumular
eu poderei poisar de verdade a cabeça
Ingresso para sempre no mais puro escuro
Fui um inveterado tripulante da memória
oiço os passos do tempo sei a minha idade
e deito-me com toda a dignidade
É inútil bater amigos inimigos a esta loisa
onde eu repouso como simples coisa
E o tempo poisa deixa finalmente de passar

FALA DE UM HOMEM AFOGADO AO LARGO DA SENHORA DA GUIA NO DIA 31 DE AGOSTO DE 1971

A mim morto no mar entre algas e corais
que notícias me dais aí da superfície
dessa única terra onde vivi
e foi minha ambição morrer pra nunca mais?
Ainda cheira a esteva por aí?
Que mundo de repente recupera
quem ao abrir um dado dicionário sente o cheiro
do jornal infantil folheado em criança
no pavimento térreo dessa adega
onde o verão intenso nem entrava
mas intensificava mesmo a humidade?
Ainda porventura a alguém
se lhe molham os olhos ao lembrar
quem à vontade meninice fora assim corria
como quem aí tem aquela única casa
afinal sua toda a sua longa vida?
Ao menos uma folha se moveu quando morri
à vista desse cerro aonde o vento dependura cantos
nas mais instáveis copas dos pinheiros
onde a névoa se adensa e cobre aquele castelo
ali erguido para humanizar o mar
e até perpetuar esse quebrar das ondas
contra esses rochedos um recurso secular
que a terra utilizou para se opor à sedução da água
instável envolvente e incapaz de conseguir a paz

como o chão que na pedra tem a máxima fixação?
Alguém notou acaso a minha falta
para além dum visível ponto de referência
um aceno do sono ou som do sino
gesto de mão sorriso silhueta?
Sentiram-se levados a exaltar-me
os que na destruição me vislumbravam
uma certa razão das suas vidas?
Alguém me aquecerá o coração ao fogo
quando o frio do fundo e das correntes
fender as minhas vísceras dispersas
por estes cinco mares onde espalho
a morte merecida pela minha condição de peixe?
Se alguém descer até estas profundidades
porventura será capaz de decifrar
o mistério reflectido nestes olhos
eternamente abertos sobre o meu amado mundo?
Alguém foi como eu profundamente vil
e muito mais o foi por conhecer que o era?
Onde dormem agora os que eu amei?
Como lhes foi possível perecer
se eu por os amar os tinha por eternos?
Seriam só eternos para mim?
Que paz lhes pesa agora sobre o peito?
O sol ainda nasce? Ouve subitamente alguma música
quem tão perdido estava que de súbito começa
e olha para tudo com os olhos limpos
de quem as coisas vê pela primeira vez?
Quem lá na minha aldeia sacrifica hoje
o porco semanal em troca dum grunhido
desfeito contra os montes circundantes?
Morto o miguel ainda fica a faca?

Ainda pelas ruas ao domingo
se tem de procurar não pôr os pés nos bêbados prostrados
convencidos talvez de vir a ter em tão precária posição
mera antecipação da humana condição definitiva
alguma solução para a sua indigna sujeição?
Ainda vem à quarta de almoster o ferrador
ferrar machos cavalos na barraca de madeira
erguida ali à beira do caminho
que me levava a casa e devolvia à vida?
Porventura o barbeiro ainda se chama marcelino?
Compram cada semana os seus trabalhadores
reunidos na praça após matar o bicho
os senhores dos pauis e vinhas e courelas?
Festeja-se na adega o termo da colheita
dessa azeitona vorazmente varejada da oliveira
sobre o espesso pano de serapilheira?
Alguém caiu de cima de uma árvore
por causa da geada de janeiro
e até da aguardente ingerida em jejum
em todos estes anos desde a morte do bizarro?
A cheia traz o sável pela primavera?
Há bailes na ribeira a dois quilómetros
passado o pinheiro manso pelo carnaval?
Como se chama agora a dona da farmácia?
Há fogueiras em junho onde debaixo de aparente devoção
se exalta a vida e normaliza a natureza?
Os noivos vão casar-se de carroça
e abrem de abalada as mãos cheias de confeitos sobre as testas dos miúdos
que se juntam à espera para os ver passar
e não sabem ainda como é triste a alegria?
A quem pertencem hoje as lavegadas
onde as mulheres mondavam as searas

e as folhas arrancavam às videiras
que vedavam às uvas o acesso ao sol?
Nestas núpcias eternas com a água
sobre sinos e ventos sibilantes
não se ouvirá soar a monocórdica
e harmónica música daquelas campainhas
das máquinas registadoras dessas lojas
desse porto e da vila onde dormi
os últimos dez anos de visitas começadas
num verão lembro-me bem num dia três de agosto
dentro da composição número mil e oito da cp
(alguém de letra irregular o deixou escrito num romance
comprado na estação do entroncamento
e por mim esquecido ao chegar a são bento)?
Existirá ainda o escuro casarão até talvez capaz de atenuar
a música do sino que ritmava a vida
nessa vila pequena aonde o homem
mais de frente enfrentava o frio olhar da morte?
Que é feito da pensão perto dos estaleiros
onde eu bebia com os pescadores e carpinteiros
e que deixei de vez para ir ao encontro
da musa mais discreta e silenciosa dos meus versos?
E eu que nos lençóis via a neve polar
que às vezes ao cheirá-los me sentia transportado
subitamente a sítios e a dias do passado
que só os soube na verdade apreciar
levado pela mão de camilo pessanha e dylan thomas
eu que em lençóis de linho ambicionava repousar
são de água os meus lençóis e à volta é o mar
Se me via cingido de cidade
se nem já mesmo o sol deixava entrar em casa
sem antes ele limpar os dois sapatos ao entrar

devo afinal a gestos artificiais
o meu regresso às coisas naturais
Não pense quem vier que estou sozinho
entre inúmeros peixes das profundidades
e os corpos de incontáveis pescadores
como o jovem lourenço são miguel
que aqui se despediu dessa vida de aí
a cinco salvo erro de janeiro de sessenta e cinco
Não reparam que olho com os olhos cheios de água
quem só mais do que eu pertence ao mar
por aqui habitar só aparentemente antes?
Moradores da terra fogo ou ar
sabei que o solo sólido da terra foi apenas para mim
insegurança oscilação vertigem
e que em verdade agora mais do que acabar
o que fiz foi voltar à minha origem

MURIEL

Às vezes se te lembras procurava-te
retinha-te esgotava-te e se te não perdia
era só por haver-te já perdido ao encontrar-te
Nada no fundo tinha que dizer-te
e para ver-te verdadeiramente
e na tua visão me comprazer
indispensável era evitar ter-te
Era tudo tão simples quando te esperava
tão disponível como então eu estava
Mas hoje há os papéis há as voltas a dar
há gente à minha volta há a gravata
Misturei muitas coisas com a tua imagem
Tu és a mesma mas nem imaginas
como mudou aquele que te esperava
Tu sabes como era se soubesses como é
Numa vida tão curta mudei tanto
que é com certo espanto que no espelho de manhã
distraído diviso a cara que me resta
depois de tudo quanto o tempo me levou
Eu tinha uma cidade tinha o nome de madrid
havia as ruas as pessoas o anonimato
os bares os cinemas os museus
um dia vi-te e desde então madrid
se porventura tem ainda para mim sentido
é ser a solidão que te rodeia a ti

Mas o preço que pago por te ter
é ter-te apenas quanto poder ver-te
e ao ver-te saber que vou deixar de ver-te
Sou muito pobre tenho só por mim
no meio destas ruas e do pão e dos jornais
este sol de janeiro e alguns amigos mais
Mesmo agora te vejo e mesmo ao ver-te não te vejo
pois sei que dentro em pouco deixarei de ver-te
Eu aprendi a ver na minha infância
vim a saber mais tarde a importância desse verbo para os gregos
e penso que se bach hoje nascesse
em vez de ter composto aquele prelúdio e fuga em ré maior
que esta mesma tarde num concerto ouvi
teria concebido aqueles sweet hunters
que esta noite vi no cinema rosales
Vejo-te agora vi-te ontem e anteontem
e penso que se nunca a bem dizer te vejo
se fosse além de ver-te sem remédio te perdia
Mas eu dizia que te via aqui e acolá
e quando te não via dependia
do momento marcado para ver-te
Eu chegava primeiro e tinha de esperar-te
e antes de chegares já lá estavas
naquele preciso sítio combinado
onde sempre chegavas sempre tarde
ainda que antes mesmo de chegares lá estivesses
se ausente mais presente pela expectativa
por isso mais te via do que ao ter-te à minha frente
Mas sabia e sei que um dia não virás
que até duvidarei se tu estiveste onde estiveste
ou até se exististe ou se eu mesmo existi
pois na dúvida tenho a única certeza

Terá mesmo existido o sítio onde estivemos?
Aquela hora certa aquele lugar?
À força de o pensar penso que não
Na melhor das hipóteses estou longe
qualquer de nós terá talvez morrido
No fundo quem nos visse àquela hora
à saída do metro de serrano
sensivelmente em frente daquele bar
poderia pensar que éramos reais
pontos materiais de referência
como as árvores ou os candeeiros
Talvez pensasse que naqueles encontros
em que talvez no fundo procurássemos
o encontro profundo com nós mesmos
haveria entre nós um verdadeiro encontro
como o que apenas temos nos encontros
que vemos entre os outros onde só afinal somos felizes
Isso era por exemplo o que me acontecia
quando há anos nas manhãs de roma
entre os pinheiros ainda indecisos
do meu perdido parque de villa borghese
eu via essa mulher e esse homem
que naqueles encontros pontuais
decerto não seriam tão felizes como neles eu
pois a felicidade para nós possível
é sempre a que sonhamos que há nos outros
Até que certo dia não sei bem
ou não passei por lá ou eles não foram
nunca mais foram nunca mais passei por lá
Passamos como tudo sem remédio passa
e um dia decerto mesmo duvidamos
dia não tão distante como nós pensamos

se estivemos ali se madrid existiu
Se portanto chegares tu primeiro porventura
alguma vez daqui a alguns anos
junto de califórnia vinte e um
que não te admires se olhares e me não vires
Estarei longe talvez tenha envelhecido
terei até talvez mesmo morrido
Não te deixes ficar sequer à minha espera
não telefones não marques o número
ele terá mudado a casa será outra
Nada penses ou faças vai-te embora
tu serás nessa altura jovem como agora
tu serás sempre a mesma fresca jovem pura
que alaga de luz todos os olhos
que exibe o sossego dos antigos templos
e que resiste ao tempo como a pedra
que vê passar os dias um por um
que contempla a sucessão da escuridão e luz
e assiste ao assalto pelo sol
daquele poder que pertencia à lua
que transfigura em luxo o próprio lixo
que tão de leve vive que nem dão por ela
as parcas implacáveis para os outros
que embora tudo mude nunca muda
ou se mudar que se não lembre de morrer
ou que enfim morra mas que não me desiluda
Dizia que ao chegar se olhares e me não vires
nada penses ou faças vai-te embora
eu não te faço falta e não tem sentido
esperares por quem talvez tenha morrido
ou nem sequer talvez tenha existido

ENCONTRO DE GARCILASO DE LA VEGA COM DONA ISABEL FREIRE, EM GRANADA, NO ANO DE 1526

Naquela noite fria de janeiro em lisboa
cidade inacessível única cidade aonde não nasci
que menos conheci quanto mais percorri
— basta dizer que as trutas que comi
as escolhi não na adega machado
que não sei onde fica porque fica nesse bairro onde sempre morei
e não em homenagem a hemingway
que só postumamente wilma em porto rico me apresentaria —
cidade onde só estou quando estou longe
e onde mais estou quando mais longe estou
em lisboa dizia nessa noite de janeiro
de coração envolto em nevoeiro
sozinho como só me sinto entre muita gente
consumido na chama de viver intensamente
cada minuto como um condenado à morte
farto de demandar um absoluto incrivelmente maçador
eu procurava alguém eu procurava o norte
— sem bússolas sem estrelas no inexistente céu —
um sentido qualquer para o menor dos gestos
uma razão a única razão (e não sentimental como afinal o é
a convenção que adopto de petrarquizar
neste meu verso aparentemente livre
mas no fundo apoiado sobre o decassílabo
que como bem se sabe é o mais digital dos metros
pois quanto mais não fosse vive da estrita vantagem de se ter dez dedos)

nessa noite única noite em lisboa
maior mesmo que um deus nunca afinal maior que eu
vi por fim a mulher que sempre tinha visto
— não a «mulher eterna» apenas o «eterno feminino» —
nos seus olhos castanhos claros no cabelo louro
mais louro talvez mesmo que o da virgem do bação leal
nuns olhos nunca vistos de tanto os olhar
à flor do dia ou no fundo do mar
onde o banheiro baltazar afirma que procuro o meu jardim
vi por fim a mulher de carne e osso
mestre intelectual inteiro de pessoa porque corpo
por mais que ela passasse e até talvez gostasse
(psicanalítica hipótese anacrónica mas muito possível)
de assim passar sentendosi laudare
por um poeta quinhentista como eu
Eu sabia que a via e ao vê-la a perdia
o avião chegava o avião partia
como tudo o que toco a começar por mim era destruição
Eu mal a distinguia da neblina
que a envolvia tanto que sobressaía
tão evidente para mim como apenas as coisas de que mais duvido
Impossível perder a que eu perdia
na mesma chama em que eu me consumia
a minha pequenina vida aonde até então só eu coubera
aquela imensa tão imensa vida para ela caber nela
vida feita à medida da exacta dimensão
do seu perfil de plátano árvore de infância
Que bem eu o sabia nessa noite de lisboa
era ela era aquela que só em aeroportos se conhece
a que ao aparecer desaparece
a que porque perece permanece
Ela seria o sol seria o mar

não podia inventar um nome pra lhe dar
porque sempre o soubera e assim lhe chamara
«Sei o teu nome — disse-lhe — inês é o teu nome
eu sei que existes porque sempre o soube»
«Quem és tu? — perguntou-me. Serás pedro?»
E toda ela tremia no seu manto de neblina
real ou irreal como foram não foram beatriz ou margarida
ou uma só qualquer mulher por rilke transformada
gaspara stampa mariana alcoforado
pois sempre a mulher ama mais do que é amada
O amor só se conserva quando a solidão
de cada um dos dois é respeitada
mesmo que isso exija a implacável destruição
dos que não deixariam de se destruir
se dessem um ao outro a mínima das mãos
«Só podes — prossegui — perguntar-me o que já sabes
o que sempre soubeste o que tu sempre foste
a vida que tu és na morte de que vives»
«Que profissão exerces?» — quis ela saber
na tentativa vã por evitar a vida
contida intensamente num encontro irrepetível
«Negocio em andares no bairro salamanca
comprei um hoje mesmo por um só poema
que aliás tive de esquecer por ter mais que fazer»
«Mas não é isso pedro. Como pode ser?»
«Tu sabes que dizer só não é para mim mais do que ser
embora por morfemas e fonemas mesmo me condene
porque dizer e ser são para mim a mesma coisa
Sou o rei do inexorável reino das palavras
palavras que nomeiam que destroem
palavras matadoras mais do que punhais
Nada temas porém pois sabes quem eu sou

tu sempre me evitaste e me buscaste
desde pequena viste aquele de quem fugiste»
Avião que trouxera avião que levava
a que era para conhecer em aeroportos
a que eu conheci nem sei bem onde
Admitam que em lisboa que em janeiro
no dia em que nasci e em que morri
morte de amor morte melhor que vida
Não sei mas penso que desapareceu
por entre a confusão da muita gente
e dum só coração verdadeiramente povoado
Seria doña Elena de Zuñiga? Não era
Um meio como o nosso não permite
que eu ame com amor minha legítima mulher
Uma amante? Mas como? Vi-a daquela vez
tanto gentile e tanto onesta ela passou
nem eu olhei nem ela mesmo olhou
para mim para ela porque sempre nos olháramos
Era a minha família? O meu emprego?
A vizinhança? As unhas? O fim de semana?
O derradeiro mito de quem apenas tem já só a lucidez
não a camoniana nem sequer a pessoana
esta decerto mais distante da etimologia
e mais gasta também pelo dia-a-dia
ao mesmo tempo matador e morto na passagem do jornal?
O meu país ocidental? O meu amigo? Ou a visão
de um anjo ou de um arcanjo pertencente
como um agente à ordem estabelecida?
Quem seria? Quem era? Só sei que era ela
que a vi partir num súbito avião
vinda afinal nem mesmo sei bem donde
talvez por o saber desde o princípio

Vi-a chegar vi-a depois partir
vi-a afinal partir no próprio acto de chegar
no seu altivo passo de rainha
que eternamente reinaria ali
no meu terrível reino de palavras
Vinha de longe e ia para longe
mas nunca poderia abandonar-me
porque a pudera ver uma só vez
como digo e redigo neste texto e na versão número três
Morrera há muitos séculos mas chamava-se inês

AO REGRESSAR EPISODICAMENTE A ESPANHA, EM AGOSTO DE 1534, GARCILASO DE LA VEGA TEM CONHECIMENTO DA MORTE DE DONA ISABEL FREIRE

O amor assumia o nome de mulher
nesse impossível ser que nunca nos meus braços
um instante sequer se consumiu
Incólume a conservo na memória
no restrito recanto da ternura
aonde a sepultura não encerra
aquela que na terra se corrompe
Só quando a conheci é que nasci
se tarde a conheci é porque sempre
a toda a parte tem chegado tarde
quem se afinal jamais chegou a parte alguma
muito menos chegou àquela que partiu
para não mais voltar a estes dias
Definitivamente se lhe foi
a vida que hora a hora se lhe ia
sujeita à tirania de uma condição
que nem abre excepção para a beleza
Mas ela é para mim sempre afinal a mesma
ela acontece como se tivesse
idêntico vigor ao da primeira vez
É como se descesse sobre a terra
um duvidoso deus dum duvidoso céu
Mas nem sempre assim é e certas vezes
as coisas abandonam-me uma a uma
e eu sinto-me sozinho nessa escuridão

que no meu coração se estabelecia
quando nas cerimónias da semana santa
os círios se apagavam um por um
para assim figurar a fuga dos amigos de jesus
Terás morrido tanto que na morte visses
tu nobre portuguesa no estrangeiro
maneira de morrer num peito como o meu
para assim renasceres e seres não só nobre mas rainha?
Mas ela não responde ela que não há muito
mesmo no menor gesto que fazia
ou até se sorria ou dava um simples passo
despedia uma ave que riscava os céus
e conferia vida a tudo o que encontrava
Mas que forma de faca assumiria o gesto
que na carne te abriu essa cratera
por onde se esvaiu a tua vida?
Quem pôde contra ti poder tamanho
capaz de opor-se ao mínimo poder
de quem se menos manda mais ordena?
Prometeram-te o céu? Mas que céu há capaz de te conter?
Lembrar-se-ão de te canonizar
como vulgar profissional do bem
se perante a beleza a bondade esmorece?
Se ao menos por morrer conseguiste saber
do confronto contigo ou com um deus qualquer
as coisas que por trás de cada coisa havia
Isabel inúmera mulher
tanto mais nos amámos quanto mais o amor sacrificámos
Ontem mesmo castela que era um reino povoado
a raso descampado hoje se reduz
pois tu eras a luz e já não brilhas mais
O momento chegou em que o maior amor se extingue

não que a morte matasse o ser amado
mas porque uma só linha de um rosto já não tem sentido
ou deixou de saber-se o íntimo significado
da curva desse gesto de que tudo tinha dependido
Que significa o sangue a lei a convenção
para quem numa mão — amor ou amizade —
tem o sensível signo do sentido da vida
E não ter inventado um deus para assistir-me
nesses momentos de alegria extrema
em que por contemplar quem eu amava
nele me transformava irresistivelmente
Penso em ti e por pensar existes
e num momento pleno como este
justifica que nós árvores de acaso
ergamos nossos troncos sobre a terra
num desafio à morte inevitável
e até indispensável para quem
tanto mais vida teve quanto mais morreu
Nomeei-te no meio dos meus sonhos
chamei por ti na minha solidão
troquei o céu azul pelos teus olhos
e o meu sólido chão joguei-o no amor
A flor a fonte a água a própria água
há pouco justificação da minha vida
já nada significam para mim
Amor mulher mais do que mão olhar
palavras tanto mais inesperadas
quanto mais vezes foram repetidas
mil vidas que eu tivesse as jogaria nelas
Que a minha morte venha se for ela a condição
da eternização daquela plenitude
que o olhar nos dava e recusava a mão

E por mais que procure não encontro
a divina alegria de uma vida confirmada
sempre que ameaçada se encontrava
Eu amo-te mais do que o mar a areia
e busco-te com mais impaciência
do que a que ele próprio põe quando a procura
e a possui e perde pela maré cheia
Eu amo com amor e amo tanto amar-te
que nem contigo morta tenho medo de perder-te
pois quanto mais te perco mais te encontro
Entre o longínquo mar e o teu próximo olhar
tive de atravessar desertos corredores
aceitar convenções saudar fidalgos
dispersar-me por gestos para me simplificar
e para te alcançar liberto das razões de estado
Continuas a ser inacessível como um anjo
e em vão quis esculpir a tua imagem
com algas e corais revoltos pelo mar
Eu tenho-te e mantenho-te no ânimo
surpreendes-me sempre como da primeira vez
temeria perder-te se pudesse ter-te
e seria infeliz se uma só vez contigo feliz fora
Sempre viveste no passado ou no futuro
e até na plenitude do presente
se às vezes a vivias mais morrias
pois sabias que o bem bem pouco dura
O meu amor aumenta-te inda mais
e és enorme e nem consigo ver
pedras ou pássaros ou plátanos que antes
eram a minha única razão de ser
Nem que viesse deus eu trocaria
por uma bocejante eternidade

a promessa da terra a alegria
de nela confundir-me e ter serenidade
Um poeta possui leões no coração
e o que num pendão eram simples insígnias
agora rugem rasgam riscam-lhe rubro o rosto
e tornam cor do mosto as coisas que o rodeiam
e os leões olham-no com os olhos dilatados
E eu que fui volúvel e diverso
mesmo quando pensei querer o que não queria
encontrei na mulher mais do que o céu o chão
Demónio sou e mais demónio é
quem sobre a sua infernal juventude
embora os anos passem permanece de pé
Isabel eu conheço o mundo e seus caminhos
quem não segue por eles não conhece
a vida que nos dias amanhece
Os ventos favorecem a partida
muitos partiram eram muitas naus
todas nos prometiam deslumbrantes mundos
mas sempre insatisfeito preferi a vida
e a beira-mar dos pescadores do meu país
o mar dos inquietos incapazes de caber
não só nalguns milhares de quilómetros quadrados
mas mesmo nas intrigas dos políticos
e nas maquinações dos que por mais que possam possuir
jamais possuirão a inquietação dos que vivem a vida
na idêntica medida em que no menor mar a perdem
E como um rio corre a minha vida
e por muito que um dia a outro dia se pareça
e a lua intensifique a noite e o sol resplandeça
jamais na aparência iguais dois dias têm uma mesma origem
A glória humana a única que existe

quando já nenhum deus nos pede nem promete
uma terra qualquer pra além da morte
é o contentamento do momento
Joguei mais do que a vida pela natureza
porque nela deixei a minha infância
a única que tive de certeza
Antes de conhecer-te eu não acreditava
que existisse alguém com a tua estatura
e eu não te pedi nada porque nunca alguém
pediu mais do que eu a uma criatura
Tu eras para mim como a flor do momento
colhia-te e perdia-te e nasci no campo
e todos lá morreram e ele é hoje para mim
mais real do que então pois é só pensamento
Eu podia comprar-te pois não tinhas preço
eras jovem e bela e reinavas como quem
nem sequer em si mesmo se contém
Tu eras companheira das estevas
mesmo se te não via respirava o teu aroma
e agora não sei por onde tu me levas
e tudo quanto sou és tu quem o retoma
O teu cabelo ultrapassava a imaginação
de quem muito pensou e muito leu
para afinal vir a reconhecer
que o vento tinha nele a única definição
Não sei quando te vi pela primeira vez
foste sempre impossível para mim
Como buscar agora a segurança
se não há neste mundo nenhum ombro
onde possa pousar às vezes a cabeça
aquele a quem jamais lhe permitiram repousar?
E que me resta agora quando a única

forma para mim possível de coragem
era tê-la no acto de perdê-la?
Em que mundo será visível doravante
aquela a quem tão frágil como uma andorinha
não só difícil já lhe era voar
mas mesmo ao caminhar sempre sofria?
Poderá porventura anunciar a primavera
contrastar com o céu a cor da sua asa
se como brasa em si mesma se queimou?
De nada já lhe serve ter aquela
mesma obstinação que tivesse uma porta
que quanto mais quisesse menos conseguisse abrir
tão difícil foi sempre conhecê-la
e após conhecê-la dominá-la
Em vão lutava até de madrugada
com aquele anjo que tentava subjugar-me
através duma luta que se me destruía
outorgava sentido à minha vida
Que a morte em breve desça sobre mim
para que frescas comigo desçam ao sepulcro
as linhas do teu rosto na memória conservadas
Eu poderia procurar o mar
mas tu não me consentes o olvido
pra deixar o país sem o deixar
porquanto o teu olhar iria onde eu fosse
Às vezes isabel quando caía a tarde
falavas-me de deus e do seu céu
mas deus é só um nome e só pode criar
se é que o pode um só campo semântico
que deixa dar o nome de divinas
a coisas tão terrestres como o mar
para citar apenas um exemplo

e só assim tu pudeste significar
o mesmo do que o mar a música o momento
A ave quando vive enquanto ave
usa apenas a asa que ao movê-la a explica
não para evitar mas para proteger
aquele que implacável a persegue:
ave real possível como a nuvem
mas capaz de pagar no íntimo do ser
o preço que lhe custa ser em vez de parecer
Tu já só tens na tua frente a noite
e nenhum deus te deu nem o céu nem a terra
que sem os esperar tiveste uma só vez
Se sempre mereceste a minha morte
pois só em ti a vida tinha para mim sentido
agora que na terra imóvel jazes
e a aperfeiçoas com a tua perfeição
sei que viverei mais quanto mais eu morrer
Já a que amei sempre não respira
nem seu hálito deixa que eu prossiga
vivo na terra que me deu a vida
e a chama em que ardo é minha amiga
Desde há muito que pago por amar
quanto o que respirar aos demais custa
Só esse é o meu reino e subsistir
é entregar-me ao tempo eterno rio
que poderei deter se me deixar levar
E sinto-me passar como a água corrente
como ela me mostro móvel e instável
e a segurança a vida nunca ma consente
A própria água a pode alguém aproveitar
eu sei que há moinhos e açudes
mas se procuro alguém quem eu procuro

tem o mesmo futuro do que o mar
A espanha em si mesma se consome
é uma nação louca e a loucura
em vez de nas fronteiras se conter
contamina um país tão inseguro como portugal
Se houvesse inferno eu era do inferno
e se à vida alguma coisa me dá um sentido
é ter uma costela de maldito
Compreendo que não quisesses jóias
pois por maior valor que possuíssem
pouco valiam como símbolos dum amor
sempre mais fácil de comunicar
ou num furtivo olhar ou num gesto da mão
E eis que sobre ti desceu a noite
a noite mãe de tanta coisa
mãe do amor mãe do menor rumor
capaz de conferir maior intensidade
ao silêncio que reina em redor:
a noite que assegura a segurança
capaz de consentir ao rouxinol cantar
noite dos sonhos dos pressentimentos
não tardes em cobrir com o teu manto
este corpo que à terra prometido
nela fica melhor se nele for envolvido
As coisas que me cercam assassinam-me
rodeiam-me possuem-me dominam-me
e só hão-de parar depois de me haverem esmagado
Aqui fica o poeta garcilaso de la vega
Fui melhor fui pior do que pensaram
e para acreditarem no que digo
quando dentro de pouco eu estiver morto
haveis de ver que após ter procurado

nada encontrei melhor para escrever
as palavras capazes de me sobreviver
do que a pele que até hoje só os dias reflectira
A madrugada vinda das vidraças
ilumina de súbito o meu quarto
e dissipa-me as trevas e os sonhos
E sinto-me cansado e confundido
e mesmo que quisesse não queria
quando já para mim bem pouco tem sentido
os contornos impostos pelo dia
A noite era um abismo para mim
meu era o sol as árvores a luz
quando no mundo onde a lua reina
sempre me encontrava ante mim mesmo
E eis que espero então que a mão mecânica do tempo
me venha destruir sem remissão
as coisas e os próprios pensamentos
onde joguei em peso a minha vida
Os jovens que vierem vendo o meu retrato
não pensarão que fui divers et ondoyant
que duvidei pensei e hesitei
e hão-de julgar-me pela forma do nariz
e mesmo os que tiverem lido os últimos autores
verão nela as razões do que não fiz
Um homem quando grande cresce como a sombra
que o sol quando se põe prolonga
no termo de uma vida sempre longa
Mas a glória não é palavra para mim
pois só me conheci no cúmulo da dor
e ao saber agora que morreu isabel freire
sei que tenho por nome sofrimento
Não procurei florestas nem montanhas

pois mesmo até no centro das cidades
eu que nelas nasci as conheci
Rio maior meu rio de criança único rio
onde eu que afinal sou água corrente
e como ela passo irremediavelmente
até por lá morrer lá principio
Os ralos e as rãs e os pardais
decerto são os mesmos que eram dantes
Mas porventura voltarão jamais
aqueles olhos claros calmos naturais
onde via coisas reais ou mesmo imaginadas
e as próprias palavras entre nós trocadas?
Conheci cada flor uma por uma
nasci no meio de estevas e giestas
e se vivi mais tarde em páginas de livros
em cada uma delas sempre li
os nomes dos lugares onde nasci
Gostava das lucíolas pois são
ora nocturnas ora luminosas
e repetem nos élitros que têm
a sucessão dos dias e das noites
E já então quando ainda não a conhecia
a via vir ao longo das veredas
Trazia flores silvestres nos cabelos
e nunca a natureza deveu tanto
a elementos tanto mais humanos
quanto mais dos minerais se aproximavam
e da impavidez que denunciam
Se eu te houvesse visto alguma vez
tu que nunca de noiva te vestiste
porque nunca ninguém te mereceu
porventura podia não te ver

se mesmo não te vendo vejo sempre
até hoje que morta me hás-de ver morrer
o teu rosto em tudo quanto existe
Eu que resisto aos rios e às árvores
por muito que por plácidos me imponham
a sua incontestável existência
jamais a ti tão frágil eu opus resistência
Não sei se se te consente recordar
aquilo que por vezes te dizia:
procuro o teu mistério nos teus olhos
o teu rosto é tão vasto como um mundo
e quanto mais te olho mais pressinto
que é em vão que te procuro o fundo;
eu tinha o meu passado a minha vida
conhecia o lugar de certas coisas
e agora que te vi tudo esqueci
e se não tenho nada nem te tenho mesmo a ti
Como posso pensar em ter futuro
se tu és para mim o puro instante
e a eternidade em que me transfiguro?
Eu não posso medir o que te dou
pois no mínimo gesto que te estendo
ao arriscar-me a mim arrisco quanto sou
A quem poderei hoje perguntar por ti?
Que nem um filho meu saiba o meu nome
pois nessa superfície dessa tua face
irremissivelmente me perdi
A minha eternidade é a do vento
que pelo movimento arrisca quanto é
e todo se resume no momento
Teu coração foi frágil como as portas dum país
mas sempre eu encontrei nessa fragilidade

um apoio maior do que o que quis
Nós podemos matar e mesmo até morrer
por coisas em que não acreditamos
a vida acaba em morte e nós deixamos
para sempre na terra quanto fomos
A noite desce já com seus cuidados
e connosco nossos máximos inimigos
não tardamos a ver-nos confrontados
E eis que sei que irremediavelmente
te perdi sem te ter encontrado
sem haver esgotado o mundo pressentido
no fundo da figura de mulher
que só se atravessou no meu caminho
quando já tinha apenas para dar-lhe
o que de tão profundo em mim havia
que subsistia para além da instituição
incompatível com o verdadeiro amor
Destino? Fatalismo? Não sei bem
Eu sinto-me culpado porque todos
temos decerto culpa em qualquer caso
E não se veja nisto espírito cristão
mas a simples constatação de que afinal
era em parte nossa a mão que se movia
Que venha a noite com os seus prodígios
Sinto que sou maior do que mim mesmo
que vou ter dimensões que só terei
quando morrer e que hei-de até dizer
palavras de pureza pavorosa
Não tenho nada a ver com toda a gente
Eu vi-te e só por ver-te tive em ti
mais do que até teria se tivesse renascido
Eras mulher a única mulher

e indefeso a ti me confiei
para me convencer de que sentia
seja o que for quando afinal não sinto
nada por mim nem por ninguém fora de ti
Para continuar precisaria de ter fé
e eu só acredito já naquilo que é
Só no amor eu vejo túmulo capaz
de conter o que fui e o que fiz
e de imóvel do coração das mãos dos pés
encontrar finalmente a procura da paz
Digo a verdade e todos se convencem
de que tudo o que digo é fingimento
a verdade é difícil de se suportar
Eu em pequeno tinha um ar de espanto
que como um manto ao ver-te te envolveu
mas ao crescer morri como criatura
que na maioridade encontra sepultura
Tu eras como mão na minha fronte
e atravessaste com caronte o rio
que sem remédio veio separar-nos
Toda a mulher volteja sem cessar
em torno dessa chama onde se há-de queimar
Não tardarei também a regressar à terra
para cumprir a minha condição
A clara noite cai do alto das estrelas
e qualquer mão decerto há-de impedir
que eu venha a reflectir o sol do dia de amanhã
Que te faltava que não tivesses já?
Tu nem necessitavas duma alma
não podias ter vida que tu não levasses
reflectida de todo no teu rosto
No fundo já há muito que morri

Eu morri pelo reino e pela sociedade
pela paz das consciências pelas razões de estado
e após essa morte toda a gente
passou a repousar sem o menor cuidado
Isabel freire meu inimigo amigo
se por ti posso ainda qualquer coisa
que a paz e a terra sejam sempre contigo

O TEMPO SIM O TEMPO PORVENTURA

Setembro meus amigos foi aqui
eu cá aqui se fui setembro fui
aqui que o sol se põe como aliás em toda a parte
sem precisar enfim de mim para se pôr
Aqui não sei mais do que isso chove chove como então
quando é destruição o mar a própria praia
Chove e chovia e que chovia eu o sei e o sabia
e a chuva só cabia num completo dia
e mais do que chover a chuva que caía era
em mim que ela caía pois pensava que chovia
Eu fui alguém não fui ninguém aqui na solidão
de tudo quanto é e quando principia ao começar acaba
eu fui alguém e ao ser alguém não fui ninguém
aqui na mais completa solidão
seguinte à mais profunda comunhão dos corpos
à íntima tristeza subjacente à mais feroz das alegrias
Que podes mesmo tu fazer por mim ó meu
definitivo pássaro poisado no meu prato
redondo e no redondo modelado
meu pássaro real mais do que vivo?
E tu ó homem meu amigo se já sentes
a mais do que sensível falta do verão
escolhe desde já para o averno inverno
o lugar onde dizem onde sabes que serás feliz
pois podes sob o solo ser raiz de uma árvore qualquer real e verde

É nos fins de dezembro há camponeses a podar as cepas
meu deus ainda como há anos meus primeiros anos há quem pode
as cepas neste tempo o que não há ou se há não é o mesmo já
o arroz-doce feito pela minha mãe
quando o inverno vinha e eu me punha junto da janela e
eu distraído alheio para ver talvez os campos
para pensando ver-me porventura a mim limpava os
embaciados vidros das janelas desenhando
as letras porventura do meu nome
já então interposto entre os campos e mim
os campos onde sim me procurava na verdade a mim
arroz-doce dizia que fazia a minha mãe
e que comia mais do que comia nesse tempo quando
rosadas raparigas ontem hoje pálidas mulheres
com sabão amarelo mais que o chão esfregavam
a soleira encardida da manhã da vida
Encosto-me no mar não sei o que fazer
demoro-me a ver que a minha vida é ver
e mais que ver dedico-me a olhar e mesmo agora
há um barco que vai enquanto eu sempre venho
porquanto regressar é tudo quanto hoje tenho
Passa de largo o barco pode ser
uma traineira a senhora do mar
talvez não seja um barco e seja uma mulher
ou mais do que mulher uma gaivota
Nada me resta amigos li até o livro do
teu poeta carlota li-o e reli-o eu e fi-lo meu
mas mais que eu a vida foi quem o fez meu
Também tenho carlotas tenho mães
e são mães que procuro e tenho em comprimidos
ou em copos de vinho minhas mães meus bens
Uma das mães que tenho tem-me a mim

tem manuscritos meus e tem também a minha solidão
e se às vezes a tenho pouco a tenho
e vejo-a partir sempre que a vejo vir
embora sempre a espere enquanto a vela arder
no castiçal que me alumia mesmo em pleno dia
Há certas vezes certas coisas longas como dedos
que incisivas perfuram coisas vagas como nuvens
e findam finalmente em coisas como o mar
existente no ar que envolve os aviões
Há coisas e mais coisas e a coisa que afinal eu sou
à força de a olhar se desgastou
coisa afinal sem importância de maior
E chego finalmente ao cabo sobre o mar
e chegar é ser dia ser domingo
Mas se em meu coração medrar acaso o medo
à noite em vez de ouvir a voz do mar
oiço decerto passos gritos vozes
e em vez da luz de névoa do luar
hei-de descortinar decerto vultos de ladrões
ao mais simples e lento movimento
dos menos raros aros dos meus óculos
As sobranceiras estrelas não há muito ainda
começam já a não furar ferozes com
o incisivo dedo mínimo a abóbada do céu
sobre o terrestre som da voz de ana lagoa
soprano que há já muito conheci
na povoada casa do defunto há muito carlos
onde entrava e saía tanta gente
mais morta hoje para mim do que o adormecido carlos
Adeus ó velho pulverizador de cobre então hoje de plástico
com que os homens do campo hoje deserto
cuidavam das videiras e vindouras uvas

adeus vindimadoras adeus saias adeus pernas
antes das calças que hoje cingem cus
Tudo passou passaram as aldeias e as vilas
as árvores os largos e os homens da lavoura
comprados às segundas pelos emissários dos senhores
alguns deles autores já só vivos nessas placas dessas praças
e só aí lembrados só durante certo tempo
Não sei se busco um mundo na verdade não o sei
sei só que existe um mundo de que fujo
Que a cabra que inda pasta que dá leite
que eu bebia quente em suas tetas tão avidamente
me abra agora ainda o cedro dessa pedra
onde comia todo o dia as reduzidas ervas onde punha
e põe talvez ainda pés tão firmes como o tojo ou como a urze
A roupa branca a que dá vida o vento a que dá vento
diz-me dependurada um efusivo adeus
de coisa humana coisa humana que me diz
aquilo que não diz uma bandeira ao vento
coisa calada e fria coisa de mau gosto
mesmo quando contrasta com o céu azul de agosto
bandeira de cruzados de homens inimigos de homens
de homens que matam homens pela vã verdade
que mais do que a verdade é a verdade sua
uma verdade pessoal intransmissível
brandida como arma de algum deus guerreiro
amigo do poder e do dinheiro
E a caminho de óbidos ouvia
o concerto número cinco em si bemol maior do
barroco italiano pergolesi tão intensamente que nem via
as muito minhas árvores após serra d'el-rei
uma vez em que o sol no mar morria
e da terra saía em voo rasante um vivo bando de elegantes bitoninhas

mais elegantes mesmo que se usassem gargantilha
Fui e voltei ainda era vivo o dia
e tenho a minha mesa exposta já ao sol
já é humilde o sol é como a mesa
um artefacto coisa toscamente feita
Nada há de deus no sol nem mesmo o brilho
nem sequer é redondo ao meio e logo intenso e indeciso
O sol é aqui baço e é quadrado como um tampo
acaba onde começa é limitado é chato
Agora já nem mesmo alguma poesia
canta em mesa de sol sintagma usado
Quando cheguei não foi o mar que procurei
o que busquei foi a cadeira foi a mesa
foi uma esferográfica uma folha de papel
Que era já lua cheia bem sabia bem o sei
Que o mar era o senhor das casas o sabia e sei
que o ímpeto das ondas devassava as casas bem o sei
Era de noite era senhor eu que nas sombras
trocara pelas sombras um inferno de papéis
e negava esse inferno e me afirmava eu o sabia e sei
Sozinho caminhei caminhei cruelmente
gastei sapatos pés e pernas caminhei
Mas não é nada disto: lua noite mar
Foi o café a mesa e a cadeira o que primeiro busquei
foi a esplanada onde me sentei
Eu sou das esplanadas se possível no inverno
gosto de ter o maior sol no tampo
redondo se possível de uma mesa no inverno
de ver passar a gente e de ao passar morrer
ao menos para mim carrasco por olhar
No entanto é aqui neste país
o único lugar amor onde morrer

Levei a vida à espera e não veio o vento
a vida vai-se sem que eu possa ouvir
a masculina música que o mar
possivelmente assuma para compensar
o feminino ócio com que aceita o equinócio
Tudo até para mim são formas electrodomésticas de diversão
É a neurose é o cansaço é tudo quanto esta sociedade é
a quem a bem ou mal queria ser um marginal
Suspiro pela vida pelo sumo ser
de um renascentista dividido entre o verso e a mulher
que quanto mais se quer menos se quer
que tanto mais se tem menos se tem
Quem me quer que me queira eu sou assim
e é tarde de mais para já hoje começar
Vou antes de dormir fechar as minhas portas
esparsas pela noite e nela imersas
E saio para o mar e saio para a noite
e saio para um sítio sitiado aonde diga
e diga mais rediga até perder a voz que para sempre e de uma vez
um verão houve verdadeiramente aqui

MEDITAÇÃO NO LIMIAR DA NOITE

O vento respirava nos pinheiros
um vento talvez jovem e decerto ingénuo
envolto já na lenda de momentos indecisos
do dia como a névoa ou o crepúsculo
O porto as horas certas a estabilidade
a vida reduzida de uma margarida
o lado insidioso de arrumadas soluções
tudo isso estava longe como casas ruas árvores
árvores altas e umbrosas como profecias
Ao fim do dia há gestos que já nada significam
ruídos já antigos como o de uma certa porta
cheiros familiares perscrutadas faces
alguma piedade por mim próprio
Percebo muito pouco de crepúsculos
Apenas sei que hesitam entre dia e noite
e que se dão melhor nos horizontes indeterminados em
casas atordoadas por inesperadas tardes
ou pisadas pelos primeiros pés dos ventos
na sala onde sozinho convivia com o dia
e observava a cerimónia das folhas do chá
que um secreto sol discretamente coloria
enquanto eu laboriosamente elaborava a graça
e a introduzia nos mais vãos desvãos do que dizia
e tudo de tal forma se expandia que lembrava o dia
sem pela comoção confundir nisso o coração

pois jamais o amor chega tão longe como a vida
e sempre a expectativa excede o acontecimento
O cais era o começo autêntico da noite embora houvesse
as pessoas privadas do convívio com as coisas
pessoas que nem mesmo sabem os nomes das coisas
e que até desconhecem o encontro final com coisas tão definitivas como
um rosto
Sereníssimo acolhia as aves enviadas pela noite
convulso as convertia em mínimas palavras impassíveis
Com a noite até mesmo a maré é mais marítima
e tudo enfim se torna tão confidencial como uma praia como
uma raiz uns sapatos de névoa na praia esquecidos
Era um barco e era uma vida vê-lo
naquele ácido hálito que traz o equinócio
primeira indignação do mar de outono
Nunca tão sociável sou como sozinho
distante dessa intimidade prostituta da amizade
e sacrificador seguro do amor
que a distância aliás por igual sacrifica
e é entre os amigos que mais só me sinto
Havia um junco que constantemente me trazia de longe um rio
rio que apenas renascendo reencontraria
pois corre num país que é o passado
e cuja capital se chama infância e
é tão pouco importante que só tem um habitante
Diante dos meus passos as ruas rasgavam-se
havia sempre ruas pusesse eu onde pusesse os passos
no côncavo da mão nascia a floresta do futuro
a explosão do silêncio linguístico
explosão dos sons corpos elementares da língua
dos nomes das diversas formas do espaço
explosão da árvore particular da vida literal

Os campos respondiam por palavras às sementes
palavras populosas negadoras das povoações impetuosas dos sentimentos
esparsas no outono na estação da abundância
palavras tantas vezes negação das vozes
voz amiúde véu do coração
e coração que é sempre uma traição à vida
Na noite eu caminhava mais que viajava
viajar não é passar pelos países nem chegar à paz
não é conhecer longe quanto tinha ou não tinha perto
viajar não é fugir nem de um país nem do que sou ou quis
mesmo em terras do norte que eu atravessasse indiferente à morte
viajar é afinal o passaporte e o bilhete e a bagagem
a dúvida de ter ou não fechado a porta
a perda até da estabilidade leve que se tinha
oscilação das poucas coisas fixas sensação de insegurança
Nada é tão veloz talvez como a imobilidade
o máximo de voz é o silêncio
o melhor gesto ainda é o pensamento
e nada há mais eterno que o momento
que a mão que embora fuja fica como uma definição
um sorriso é por vezes a mais funda negação do riso
e em muitos gestos a tristeza é como um rio que começa
gestos que intensamente negam a vida que afirmam
e um rosto de inocência e alegria significa malícia ou melancolia
Aqui à mão eu tinha ainda não há muito alguma voz
no rio que veloz corria pela sua juventude
na manhã circunspecta e ciosa dessa sua castidade rigorosa
quando nem a beleza nem a vida eram ainda vulneráveis
para um pastor de umas poucas pedras
de olhos tão redondos como abrunhos
abrunhos que se fecham sobre si com o correr dos dias
pastor que não alarma a passagem do tempo

que não se sobressalta que nem gestos solta
E quanto mais a noite se cerrava mais pensava
que a terra mais estranha é para mim a aldeia onde nasci
que o que mais conheço mais o desconheço
seja um país sem muros para mim
largos ao sol quadros tons antigos de luz
sejam mesmo recantos olorosos como a adolescência
determinada cor de íntimas mulheres
seja um certo rosto seja a prega da pele que tão depressa
é um sorriso ou um sinal de dor ou um indício do amor
por muito que se cinjam à imediação dos olhos
seja não sei até a hora certa da chegada certa do correio
anunciada pelos passos pontuais e costumados do carteiro
Com gados e pinhais e casa erguida em plena noite
que ninguém diga de mim nem mesmo quanto diz
que ninguém saiba nada sobre mim
nem fale do que fiz ou que não fiz
nem dê um nome só a estes dedos ou à cor
que os meus olhos tiverem ou à forma do nariz
Ora sou ora não sou oficiante do entusiasmo
tenho e não tenho o vício da exploração sentimental
dominam-me ou domino as emoções
sou estável ou instável não me sinto bem nem mal
sensível insensível à beleza
não faço o bem não faço mesmo o mal
não sei se desconheço ou se conheço o bem o mal
não faço nem desfaço e não penso nem deixo de pensar
E perguntava em volta ou perguntava intimamente
como podia eu afinal chegar a conhecer a vida
a saber só um mínimo que fosse sobre a vida
Mas se na noite eu porventura a voz erguia

decerto não se ouvia pois caíam os medronhos
e as folhas bebiam quanto vento havia
Talvez algumas vezes apascente uma certa tristeza
ou de repente seja peregrino da imaginação
e pense que administre mal a minha vida
e que nem mesmo vivo que talvez alguém por mim
tivesse visto aquelas raparigas de alta fronte em grupo ali defronte
da casa onde nas férias nos juntávamos
para a solene cerimónia dessas refeições
na cozinha virada para os campos alagados
refeições rituais nas quais alguém como os meus pais
punham esse rigor que punham ao atravessar as ruas
da nossa aldeia a caminho da escola
refeições de enfadonhas digressões paternas
sobre conhecimentos de uma gente estranha
que tinha para as coisas múltiplas designações
mas não sabia olhar as próprias coisas
às vezes com a vida e o movimento de um pião
em cujas rotações rodavam afinal
as nossas importantes vidas de crianças
passadas no convívio com perdizes da cor do tijolo
e de voo rasante como os raios do poente
pião da sucessão das estações nunca mais tão sensível
como na aldeia concentrada nesse verde vale
onde importava a voz até de um simples animal
quebrada nas inúmeras quebradas
e ouvida por mim sentado pensativo num portal
protegido do sol das chuvas ou das trovoadas
quando no meio das galinhas e das cabras
mal distinguia o corpo da mulher
não muito diferente enfim de outro animal qualquer

Pensava nessa noite nas cidades onde é tudo tão grande
que um coração não tem colocação
e a mão de um amigo nos pesa num ombro
com o peso impossível de se ter amigos
e um olhar perdido é tão difícil de encontrar
como o é congregar ventos dispersos pelo mar
e onde sobressai a quase mística decência da pobreza
dos que a realidade ocultam sob a simples aparência
e na palavra paciência dissimulam o segredo
não da vida talvez mas sim da convivência
Não há nelas lugar para um simples olhar
que tanto é no campo que se fala em campo do olhar
e um olhar importa tanto que
se muito pouco dura uma só criatura
tem no olhar a complexa figura
de outra realidade que ela configura
Os olhos na cidade raramente reflectem o agonizar da tarde
qualquer olhar ali acusa pressa medo e morte
oscila entre a indiscreção e a hipocrisia
a perfídia do perigo ou a nudez da perversão
o estudo do mal documentado
a sã suficiência saciável em
burguesas dependentes de um amor eterno
o breve desperdício do autêntico favor
essa vaidade que comove os deuses
e os faz andar na terra entre os homens
algum anti-romântico remorso
mais definido que desfigurado
sofrimento que a si se desconhece
pretensões demoníacas estultas
pequenas digressões sentimentais

bocejos semelhantes aos dos intervalos dos cinemas
em dias de comum calamidade
aberta aberração curiosidade consumada
pavorosa alegria e contente terror
A cidade não sabe da magnificência cardinal das árvores
alheia-se da célere celebração humana
Não vê as pétalas de rosa aberta numa boca
nem mesmo a graça disponível de algum corpo de mulher
fiel e útil muito mais que fútil
e por detrás de uns gestos simples mas perfeitos
não se adivinha o tempo as gerações inumeráveis
quando circula o bafo do outono
no ambiente das primeiras aulas
e o bastante é já de si de mais
Mas eu ali no limiar da noite tinha
a sensação original da virginal
veloz velocidade da vertigem
No exacto lugar da minha desventura
a dois passos dos lábeis lábios de uma flor de uma mulher
que até quando mentia se lhe abria
a alma que quebrava como o mar na pedra
na preia-mar do seu profundo pranto
e onde caíam coisas como num coração quente
O que a mim a ligava era eu a não amar
e sentir-me saudável como o egoísmo
porque no fundo o que buscamos é
a nossa negação até em quem amamos
Sou da minha nação sou do meu tempo
que bom ser jovem quando se o não é
e ao despedir-me dela para sempre
apenas disse fecha a porta

com a independência das figuras de retórica
ou as palavras postas no lugar do coração
de quem cumpre o verão ritualmente
e sente a testa fresca como a água dos arroios da montanha
Quanto não pagaria eu por dar a volta ao bairro quando não à vida
na meia-noite dos relógios repetida
vida vital e não vida política ou moral
vida alheia ao turíbulo terrível de uma torpe turbulência
abundância de mãos em máximas imersas
infiltração nas íntimas instituições
pródigos monumentos a nós próprios
besouros do rotundo capital
com o tão dispensável excesso da experiência
convite à convicção da consciência
passo tão calculado como o de uma prostituta
a mínima ruína de queimar os dedos
Mas nada disso havia ainda nesse tempo
quando criança apenas conhecida da recente vida
sem bem saber como eu a tinha conhecida
além do célere corcel do tempo que corria
a útil única e vibrátil vida que
no ríspido rigor real ainda vibra
no quente coração dos corajosos homens
ao ritmo de uma néscia narrativa
Conhecesse eu as ruas tão bem como a vida
recebesse no rosto o bafo azul do nevoeiro
manto de insulsa água rodeando as árvores
hostilidade humílima mas húmida
sobre essa nesga negra da profunda negação
onde faltavam quer o risco ríspido assumido vivo
quer a acrílica persuasão dos cheiros

quer a destra desenvoltura que amestra mesmo a desventura
e sobravam os homens de bastantes gestos mas de poucas mãos
Pouco queria talvez só chorar ao ver
arejadas janelas que de par em par
faziam lá entrar imenso o mar
Tão bem eu conhecia que afinal desconhecia
a tão insípida insignificância da infância a
palavra proferida que perfura a vida
Envelheci talvez tenho coisas atrás
alguém menor que a pedra inferior à onda
mais planta do que arbusto e árvore jamais
onde desprevenida se reflicta a nossa vida
sem ser-nos devolvida alguma imagem
onde minimamente esparso arda o remorso
esse espectro do nosso desespero confidente
essa cara convulsa cara causa de repulsa
os sórdidos recantos desse rosto
que um intenso gosto antes tivera em contemplar
E via o ar mandado pelo mar
atravessar as ávidas janelas
e entrar de manso nas primeiras casas
representantes da cidade e dos seus habitantes
hoje tão cintilantes quão discretas antes
aonde a margem terra empedernida
exagerava e se mostrava finalmente decidida
quanto indecisa antes entre terra e água
As ondas de tão sôfregas mordiam
pretensas pedras mas afinal terra
e contra o cais as palmas como que batiam
na tragédia que toda a festa encerra
Ali sobre essas águas suspensa deixava

a vida até qualquer outro verão
onde de novo procurasse em vão quanto eu até então incorrigível procurava
Busca o que tu quiseres nesse promontório
o mar uma gaivota uma ilusão até
mas não busques o verão verás que é ilusório
mais ilusório até que uma ilusão
Deve ser isso envelheci tenho coisas atrás
pus os pés numa areia sou alguma ruga numa face
é noite sim é sem remédio noite

A SOMBRA O SOL

É antes do anoitecer suavíssimo dos deuses
antes do começar da sombra rente às árvores
dessa conspiração da sombra que até bebe o branco das toalhas
ou esse véu essa película de luz na água esparsa no asfalto
Há unhas onde não há muito havia rochas
olho as rosas recordo o teu rosto
sem rugas sem a ameaça do tempo
a dois passos do mar de um momento de mar
suspenso de uns gestos construtores de criança
um rosto onde há luz princípios de luz
chamas baixas chispas de luz
teu rosto muito mais luz do que sombra
embora aparentemente metade luz e metade sombra
teus dentes intensa fila de luz
a negligente mecha de cabelo caído na testa
a dizer muito mais para além de dizer que esse dia houve vento
teu olhar escuro mas luminoso
tudo isso e muito mais do que isso eu recordo ao olhar às vezes as rosas
Estou outras vezes deitado na penumbra da casa
o vento vem ondulado por dunas é um leve ruído nas plantas
asa rápida de alguma ave passos de alguém nesta solidão
onde ergo o meu tronco como o derradeiro pinheiro
que a terra ousa opor ao mar não sem ele o fazer dobrar
curvar rastejar prestar-lhe talvez homenagem
reconhecer que para além é o mar e os seres sujeitos ao mar

à indecisão à instabilidade à inconstância aos caprichos do mar
Estás a meu lado és uma mulher sei-o talvez pelo calor redondo
mais intenso numas que noutras partes do teu corpo
território tão conhecido tão desconhecido
onde sempre procuro outro território talvez as nascentes do riso
determinado verão coisas como a inocência
a paz a harmonia o sono esse descanso que em vão procuro
e pressinto alguns dias nas pedras no começo da noite
Recordo talvez antigos verões talvez em casa da minha avó
uma casa onde mesmo que volte a entrar não voltarei a entrar
onde havia cheiros peculiares e finíssimos em cada quarto em cada arca
e à tarde ou dormia ou pelo menos me defendia do verão
Outras vezes sais da tua saia e és nua e tão penumbrosa como o crepúsculo
e és dessas vezes o movimento multiplicas nas mesas mãos
manipulas miúdos objectos na minha pequena
casa na minha pequena vida
do lado de lá da porta para onde estou de costas voltadas
És então uma árvore de sombra de seiva e de saúde
onde às vezes me acolho eu onde ninguém se acolhe
eu que não tenho nada de árvore
Começas de leve a um canto da sala
oxalá me ocupasses a mim fizesses de mim um homem
um território ocupado
Falas comigo um barco sai a barra
uma terra distante nasce aqui neste mar
nasce ao fim da tarde sob um determinado ângulo da luz
começa a ser visível como coisa torna-se depois
particularmente visível na luz desesperada da tarde
Manda-me de perto dois ou três navios
já incendiados do pôr do sol e umas certas nuvens
numa certa maneira dispostas fazem-me talvez dizer
que ali é o céu que desce sobre essa terra

É uma terra grande uma cidade
de casas nadas acima do nível da água do mar
mais marítimo que até hoje vi
Casas de cal cálida na tarde calada
recortadas no ar umas nas outras apoiadas
separadas por ruas que modelam a neve neblina
que são como facas que rasgam longitudinalmente cada uma das ruas
Não havia esta terra ainda não há muito
e é já uma terra importante uma populosa cidade
de cal construída no ar perto da noite
quando tudo até mesmo as ervas rasteiras contra o dia conspiram
e profusamente as coisas a última luz ilumina
agora que a treva já a pouco e pouco uma por uma as elimina
Cidade consistente e afirmativa há pouco coisa nenhuma
agora tão existente como se desde sempre existisse
embora não tarde a não existir cidade coisa de momento
tragédia de homens e de coisas dos homens como por exemplo as obriga-
ções naturais
cidade cheia de gente centro importante já de turismo
primeira cidade capital de um país que eu tivesse
Nas margens do mar costumas mulher começar
dêem-te outros um nome eu só sei
teres ombros separados da morte
Começas e demoras em começar
e não há luz ou dias pedras ou terras
que construam um templo bom para ti
Começas e na verdade nem começas
já começaras e sempre eu te veria começar
mesmo quando já ninguém visse ou ao menos ouvisse começar
Começo margens mar são meras formas de falar
e coisas de silêncio há no teu olhar
azul direi eu cor de raul brandão homem a conhecer

homem presente vivo saltitante na obra escritor que não consegue ocultar
a criança que sempre foi
coisas de silêncio talvez vegetais violetas de parma nesses teus olhos
e nas tuas mãos uma cega conspiração
Mas começas começas como se eu houvesse de esquecer
um gesto um pôr do sol uma mulher
Há restos deveras de verão algumas cigarras
cantam no restolho quando esta manhã como maçã me envolvia
e dentro dela só eu bicho da maçã
atentava contra a consistência da sua existência redonda
Sinto-me devorado pelas coisas
há coisas sim há as dispersas coisas
e do que preciso é do profundo recolhimento do inverno
preciso do inverno tudo à minha volta
manto escuro e cingido do inverno
Cairá a geada a erva a relva será muito branca pela manhã
será o tempo da laranja gelada na árvore pela geada
será tempo propício para o tirocínio do escrúpulo
Ao ver-me então envolto no inverno
fechado pelo inverno dentro de mim
ocupado em sondar os recantos recônditos da casa que sou
talvez alguém diga que me alimento de ambrósia

Aqui neste país nesta rosa divina que me elimina pétala a pétala
ninguém já me julga eu já sou somente quem fui
e sou este país onde eu era já antes mesmo de ser
A hispania era a princípio a terra deserta
chegavam da beira-mar vagas de manhãs muito vagas
mas já os rios os campos anavalhavam dilaceravam
dispostos a tudo para chegar ao convívio do mar
na sua água corrente cortante como uma faca
oposta à água represa como a água da serra da nave

espelho liso do céu e do voo de alguma ave
e antes já das muitas rotações dos astros
a terra tinha hábitos de mar e assim fazia-se ondular
num alteroso oceano vegetal
aqui e ali condensada na pedra por vezes perfurada ainda hoje
por uns olhais onde sujeitavam já os animais
Os povos das cidades lusitanas
armados do montante gaulês ou do gládio romano
erguiam na distância entre os dispersos povoados
o sólido róbur da invencibilidade
Por cima desses seixos soltos dos caminhos velhos
os lusitanos muito mais íntimos do cavalo do que até da própria vida
à porta das aldeias apanhavam os argalhos
e sob a brisa tépida do mar
faziam despertar os olhos verdes das cidades
por meio de viriato primeiro pegureiro do meu povo
que acrescia à arte ingénita dos seus
o génio combativo concedido pelos céus
Lápides rudes obras de cerâmica são já
os produtos florais do entendimento
demolidos ou pelos romanos conquistados
através de homens e sestércios na voragem
da mais crepuscular aragem
e cedo cedem às propostas das sereias
movidos pela sede os habitantes de cada lusitana sede
Anos depois alheio às codornizes turbulentas no seu voo pelo alentejo
afonso henriques que passou a vida toda sobre o seu cavalo
dispõe de cinco chagas para cinco cabos mouros
e ao bordar esse festão emocional da refrega de ourique
leva mais longe a raia mais instável do que a linha do quebrar dos oceanos
bem pouco servindo ao mouro a cidadela natural dos morros
e não tarda que na cidade de lisboa a gente portuguesa ponha os pés

no telhado vermelho da alcáçova
O verbo estava então na infância da arte
e afonso mais que a espada manejava às vezes
a faculdade de ludíbrio das palavras
ao homem dadas por alá para esconder os pensamentos
Depois da espada e da palavra os reis empunham a charrua
e ao vento do mar começam já a ondular
uns agros tão fecundos como os sete mundos
e ventos e marés ó portugal é que tu és
és pedra lar do domínio do mar
e sob o breve céu o aço volta a ser movido pelo braço
e há navas de tolosa onde rodrigo de toledo
vê assombrado a peonagem portuguesa ignorar de todo o medo
na madrugada da vida de um povo
A insânia de príncipes paladar do pecado
um virote mais fúlgido que áscuo
a sucessão não dos cuidados mas dos sonhos
os cobradores de sombras os pomos rubros
de carne num tempo que ora ata ora anula
vozes nalgum latim latão soltas ao vento
de um certo retorno que houve em torno
jogos de cabra-cega com as sombras
mão tente que cortou a vida rente
ao velocíssimo vigor de algum réu de pravidade
alguém que ora foi máximo ora péssimo
por ocultos desígnios do altíssimo
namorado infeliz versátil e astroso
solteiro matariz que fez só o que quis
e amou o monte e a mulher e o instante
perro pagão mais lábil do que hábil
interlúnios de lágrimas aspérrimas
no gosto lisboeta do amor do tempo

derrocada imanente pelo fogo
algum enamorado coração de cera
ágil e mais frágil que frei gil
que nem olha sequer para uma urraca de mulher
em cuja casa contam os dobrões à rasa
e se revela mais donzela do que dona
algum homem efémero de porte almiscarado
e outro convinhável e de muito coração
que o pai beija na boca como hebraico simeão
e tem a vis e avisa a vara avara
uma mulher paçãa e de boa palavra
e outra mal casada mas fiel e virtuosa
rainha recebida quando algum
vento agreste e ponteiro vence o nevoeiro
entre os jogos de canas e as alcanzias
mulher de um cabelo fulvo ainda visto
por quem o viu no seu cendal de seda
homem de além mas tão da terra que ao deixar o mundo
apenas pede que lhe dêem de comer
nave da fama na aurora do mundo
eu que nasci aqui e que fique eu onde fique sempre aqui ficarei
neste país que como o castanheiro leva
trezentos anos a crescer trezentos anos
no seu ser e trezentos a morrer

Tardes de portugal homens de pão
a pedra inesperada da ruína
o ardor esfomeado desta vida
as lágrimas as névoas o inverno
o vento sul varrendo o céu azul
a luz solar nos olivais da itália
uma velha mulher vista em toledo

um céu de chumbo que nem eu arrombo
com o feliz fulgor de uma palavra
palavras pitorescas proferidas
fala cantada e doce do faial
o preço de um pequeno olhar de amor
silêncio dos salões camus homem da luz
das paredes caiadas dos países do sul
gravidade do dia e dos costumes
visível até mesmo no bater do mar
orgulho natural de sentir e viver
Fico sozinho nos dias lembrados
quando no ar do dia circulava o vento das notícias
e o férvido verdete das mitologias
Esqueço o nome esqueço a minha história
que oscila entre a harmonia solar do dia
os dispersos e múltiplos papéis as coisas que se perdem
os nervos nivelados pelas nuvens
a miséria de homens que nem mesmo pensam que
nem podem pensar nessa miséria que outros homens lhes impõem
minha desconfortável casa de poeta
amigo das ceifadas flores das variegadas cores
que um instante belas logo elas se da vida despediram
Talvez houvesse céu sobre veneza
os homens eram extremamente altos
não reparei mas quase com certeza havia céu
O mundo meu consiste no que não existe
em toda a parte o cheiro e sei-o verdadeiro
e sei que a maldição é solução
pra esta vida alegre às vezes mas sempre perdida
Nunca mais esqueci a grande voz do mar
e eu conheço vozes como a voz que tem a minha mãe
ou aquela mulher que tanto amo que não posso mencionar

A memória é em mim memória do mar
quando lembro quem fui oiço o mar marulhar
mesmo quem sou esta inquietação
este eterno começo sem começo
este deixar as coisas afinal por acabar
e há muito não entrar com confiança pelo sono dentro
O mar do verão eu tenho-o eterno
até mesmo no inverno quando terno
lenho rebenta e cheira dentro da lareira
e vagas de calor ondulantes num plano superior
são mar e sopra o mesmo vento e brilha o mesmo sol
e exige até de escravas rituais de príncipes reais
pescadores fugitivos um marujo de que fujo
deuses do nosso mar tão português que nos lavam os corpos e nos levam
de vez
para um dia ficar num areal com olhos de água e sal
a reflectir o céu e a fazê-lo seu
homens que soltam seus aflitos gritos e que invocam os poderes malditos
São homens são solidários da morte
e à popa dos barcos o arrais é aquele que morre mais
não há maré ou morte que o conforte
meus dias de desgraça um por um na praça
o vómito dos mortos pelo mar
e a vida apenas umas três palavras
Não há nada que valha as rugas desta velha
tempo e desgraça sobressalto que ameaça
e gaivotas e nuvens nessas duas sobrancelhas
a voz da tempestade vinda na idade
no invernoso dia que nos gasta e nos rodeia
mulher alta e trigueira sem eira nem beira
correndo a costa onde o mar se gasta
inconfundível jeito de afirmar o peito

mulher sem serventia sob a espuma fria
olhos de leite que olho com deleite
homenagem ao homem hominoso
quinhentos metros morte as pedras o forte
mar dramático e verde dever de eu o ver
no verde desespero por que espero
árvore verde do pressentimento
aqui ou no mês de agosto em que me gasto
e entre mar e eu sozinho eu
que há muito me demoro nesta terra
Apenas na distância se dilui a violência
pavor suspenso sob o céu imenso
o sítio para o sol será no sul
nas areias do sul é que há-de pôr o pé agora uma mulher
mulher que foi a vida desta terra
que despedia luz nos seus braços translúcidos
que nunca foi a vida pelos dias repetida
vida de outrora quando a vida não era caminhar por fora
lua arredondada pela escuridão gelada
quando distintamente oiço o mestre anunciar deitar
em nome de deus e do altar a sua rede ao mar
Ninguém passou jamais na minha vida
muito branca e caiada pouco mais que nada
telhados com as suas várias águas
complexas redes repetidas nas paredes
odeio esta planície ou esta vida ameaçada
temo seja o que for mas sobretudo o interior
das casas e elas terem interior
não serem como outrora só por fora
Paraíso terrestre minha única ambição
para sempre manchado sob um céu molhado
vidas sem sol nem mesmo céu azul

a escuridão a devorar as coisas
flecha dos gestos pelos dias gastos sem
a oportunidade simples de uma árvore
A mão jamais vencida pela vida
o suspiro do mundo no café deserto
noite de estrelas um favor sem preço
crisântemos ó flor para uma vida
aí está tudo aí portanto nada está
O que há é esta solidão do mundo
o mundo acaba aqui em cada dia
A pensativa leça que brandão quando a evoca a adjectiva
na forma por tão viva sua de ter lido o eça
e ver esses navios à vela vivos quando a vida mais que bela era ela
e as mulheres morriam nessas rendas que teciam
e a noiva do navegador obstinadamente o esperou
desde os cabelos loiros dos primeiros anos
até às cãs que na cabeça lhe encontrou
a morte que de vez ceifou seus últimos enganos
essas mulheres loiras e de olhos azuis
que à espera desses homens que as no fundo trocavam pelo mar
teciam uma renda onde mais que tudo havia dias
com a incorrigível paciência expressa no vagar
de aos finos fios imolar as merecidas alegrias
talvez ainda mais decepcionantes se imoladas
à bovina normalidade da vida familiar
e aquele capitão tão irascível que morreu electrocutado no fusível
na barca pelo vento conduzida e um dia destruída
por uma trovoada por faíscas reduzida a nada
Senhora dos navegantes deusa dos descrentes
que está ali por estar a presidir à beira-mar
vidas violentas de desesperados pescadores vidas jamais ferozes
que um dia os fazem seus próprios algozes

que em alporques de cravos eram dos mais bravos
maré vazante vitória precária e aparente
da terra e sua gente sobre a pátria permanente
de peixes e corais conchas e tudo o mais
a safra da sardinha mal dezembro vinha
e a cerrada cerração tudo velava até a nossa mão
manhã em parte névoa em parte mar
manhã agora embora antigamente
manhã se tão real talvez inexistente
minha vida em tropel cruel corcel
começada naquele quintal donde eu olhava
todo o futuro mundo prometido no paul
de regueiras e ervas juncos malmequeres
que me profetizavam meus fatais amores por inúmeras mulheres
onde dispersa procurei talvez a única mulher a que
tinha no rosto todos os possíveis pássaros
tanto tempo perdido coisas sem sentido
palavras para o teu ouvido flores do teu vestido
as flores finais filhas de rústicas mãos
mãos que mondaram mais searas do que mandaram na vida
rebeldes sempre aos mais diversos movimentos
onde esparsa se impunha a poderosa mão
cabelos de sargaço e um nariz de fino aço
ó rosto de marfim que me perdeu a mim
mulher que choro agora e embora ausente é comigo que mora
causa desta tristeza muda natureza
homens dispersos pelo nevoeiro
mas que o sino não tarda a congregar
essas coisas insignificantes que hoje tudo valem mas que nada valiam antes
ó mar azul meu actual paul
ó catedral de angústia ó pequena réstia
dessa feliz felicidade que sei que não há-de

haver sem ela ser o risco de eu a perder
e o grande pinheiro manso onde ainda me condenso
e não nesta miséria que é eu ser pessoa sem remédio séria
vela cheia de vento que me arranca num momento
a essa voz que cresce com o dia que desce
vela latina viva ao vento do verão
pinheiro positivo e uno oposto aos fáceis fogos vesperais
pinheiro antes de mim tão hirto como um deus
mais fundo e mais profundo do que um homem medida do mundo
o mar que como um deus exige a vida de homens
que lhe ouviram a voz e a voz foi neles vocação e eles
cedo se iniciaram nos mistérios de um supremo ser
que na água que é rapidamente lava
as manchas que por si a própria vida tem
e muito mais as tem naturalmente quem
com paixão vive a vida e a vive sem medida
e a consente em imolar ao mar
que há muito ouve insistente chamar
e é complexo como a máxima mulher
tempo passado sê de novo embora breve
e provisório em mim tempo presente
O terror que nuns olhos de homem há
não é terror da terra nem terror a própria morte encerra
esse terror é só terror da vida
acessível aos dias e doméstica nos gestos
É a vida que tanto aterra o homem
que o terror tem como só sinónimo a palavra vida
É o terror da vida sempre instável
móvel e caprichosa surpreendente
irredutível a repetições ou hábitos
e incompreensível para quem dela se abeira como aluno
vida dispersa por problemas e oculta nos cuidados

curso até que se tira através de lições
e das diversas provações onde se afere da preparação
adquirida na vida há muito vista como escola
Sempre o homem a vida viu no rio reflectida
pois incessante como o tempo o rio corre
e no mar que obstinadamente busca finalmente encontra
se não a solução o esquecimento de quem morre
E realmente o rio que nos vários rios sempre vi
nos seixos claros ri se flui ou roda em remoinhos
O rio canta quando é pouco mais que um fio
nesse contorcionismo só possível a um vidro de murano
na transparência própria e exclusiva da infância
O rio brinca joga é como uma criança
quando pelos despenhadeiros lembra ainda o seu humilde nascimento
ou nas pedras o ser líquido lavando purifica
ou nas lezírias tem gorduras e cansaços e remansos traiçoeiros
que uma velhice indesmentível denunciam
O rio dissimula em sua geografia a sua história
esconde nos acidentes naturais os seus conflitos e tragédias
evita obstáculos varia de atitude
é simples ou solene é acessível ou distante
conforme lhe convém em cada circunstância
O rio tem caprichos é de humor instável
o rio não será talvez um deus como o seria para eliot
nem é um vago ser como para raul brandão
mas porque nasce e morre e respira entretanto
e tem a vida como preço e privilégio
o rio é humano é tanto é tão pouco como um homem
A ave a arvéola o povo o pó a
germinação no solo e sem o sol de um girassol
talvez um dia quente do final de agosto
ruidosa alegria precedendo o mutismo do inverno

sim começa para mim a anoitecer
anoitece como coisa que afinal me acontece
Até pequenas coisas foram para mim extraordinárias
só pretendo silêncio solidão e ócio
e ter eu tanto visto e tudo ser tão vasto
como olhos de mulher que o tempo recupere
O landó a vitória carros feitos de história
as mãos na mesa anárquica das minhas
palavras demoradas nos poemas
mãos mal iluminadas pela luz
limites para o leve murmurar da voz
o espaço circular dos antigos serões de valsas
os tectos abafados da antiga sala
onde outrora morriam notas de piano
os espelhos sem aço do passado
que roubavam crueza às coisas reflectidas
as bolas de bilhar que o tempo faz carambolar
e tabelar nos dias nelas reflectidas
passadeiras pesadas e sombrias a
consola onde cai o cotovelo de quem fala
Não tarda aí outubro é nos começos do outono
ouvem-se na cidade as folhas a cair
virão depois o frio e o crepitar do fogo no inverno
um homem olha e um outro entra no túmulo
As árvores possuem uma vida intensa nesta noite de madrid
todas as árvores são múltiplas vidas no vibrar de cada folha
que é de um lado luz e do outro sombra
as árvores são chuva são uma chuva intensa
chuva neste meu quarto chuva nesta minha vida
que é uma tristeza uma tristeza para sempre sem remédio
uma certeza de que não existe solução nenhuma
uma pedra no peito um profundo cansaço uma tristeza

uma tristeza minha mais profunda natureza
Ah sim os pássaros suspeito levemente de que neste
outono nesta vida me restam os pássaros
Subo uma rua o rio e anoitece
o mistério da noite envolve o mar
uma tragédia a preto e branco para se representar
Nada já para mim conduz a nada
destino inapelável de poeta
asas da noite de uma cor de feltro
Sobre o silêncio desse único jardim
despede-se a esperança que nos vem dos homens
e toda a gente diminui a voz
quando a sombra já desce nas cidades
O amor não é decerto coisa que se exija mas
quero amar quero talvez chorar e sobe
o cheiro do silêncio onde começo
a ser somente o som dos meus errantes passos
na sombra já caída nas cidades
rente ao asfalto às raízes das árvores
nas ruas empedradas sinuosas e esguias
onde esvoaça o pássaro da noite e há
o perfume das rosas do outono as
camélias que iluminam o inverno
ou a névoa que cerca o aqueronte
Julgava que existia uma verdade
mas deus é o mal último do meu quintal
está tudo muito bem mas vai morrer alguém
Sagaz o homem que no homem só confia
eu fico com os homens para sempre

Manhã nova no mundo primavera
primeira flor filha das árvores pelo lado materno

pelo lado paterno filha só do sol
triunfo desmedido do azul
um deus dissimulado em cada árvore
a frescura suspensa pelo espaço
lírio branco de agosto oposto ao areal
o sável na desova quando toda a vida se renova
e eu cedo ao meu assombro ante qualquer possível sul
e sob o céu azul o triunfo da cal
mais que demão de cal a mão da cal nas casas
vejo que arejo este arbusto ainda rijo
e que vicejo e são de novo novos os meus ramos
a estrada do sol até à praia o
cabelo incandescente das mulheres
maré tão meiga que uma vela lá navega
o rosto território do alvor onde há nenúfares em flor
as hortênsias sem flor mas já cheias de seiva
as flores brancas e pretas das candeias
colhidas no emaranhado das silveiras
um frémito geral de flores quantas cores
desde os montes distantes aos campos presentes
o aparelho límpido das águas
as velas que na plana mansidão do mar amainam
as lanchas de poveiros adoradores do mar
quando é esposende a terra à vista ou é terra talvez que não exista
como a terra distante de que falei antes
tudo me chega cheio de memórias e
viajante se me torna o pensamento
e abico aos areais reais ou irreais
quando desce já sobre mim a paz dos comprimidos
prevista já na luz de uma candeia
e que somente a noite pelo mar se afoite
mar e areia a minha juventude a lua cheia

só sobre nós e logo imediatamente após a agonia da luz
Após os flocos friorentos e cinzentos
e o vento que lutava corpo a corpo com as árvores
e a verde solidão dos pinheirais
onde entram mar e vento e nada mais
e grupos de moinhos conviventes mas sozinhos
e o moinho da névoa como que moendo o mar e que
mói essa água toda que oiço alto chamar
depois de tudo isso busquem-me no fundo desta luz
da luz fundente ao longe sobre o mar
no eterno sorrir de coisas róseas
no doirado poente do meu rosto adolescente
escolhos e medusas e corais vento do largo
setembro marés vivas cabeleiras ruivas
e crinas quentes de cavalos como dantes
um verde que apetece respirar
na vertente do mar que reverdece
quando a taça da vida aproximo dos lábios
e há este meu jogo jogo meu e das folhas e da luz
quando determinada proa alvora e o próprio mar a chora
raio verde no céu sem uma nuvem
visto um instante de repente mal se põe o sol
em miramar no dia do meu casamento
e há nas águas lúzias muitas dúzias de luzes
e tudo é muito grande porque é muito simples
Volto as costas ao mundo não se importem
alguém agora morre pois me sinto bem
fecho uma flor de amor nas páginas de um livro
pergunta e espera era o que ela toda era
ela que se morreu morreu intacta
Não gosto de escolher não gosto que se escolha
não gosto de escolher sequer uma mulher

hei-de gostar daquela que se me impuser
de passagem talvez para as terras quentes do sul
viva fora do tempo numa dobra do tempo
Sinto-me cumulado e não quis nada
olhos abertos para a luz da morte
raparigas sorridentes e raivosas
em portugal não custa nada o sol
nem ver essa sardinha do sueste que é trazida por abril
peixe do sudoeste a caminho de leste
nem mesmo muito olhar a solidão do mar
Senti-me bem era um dia de abril
e não sentia o chão ia decerto pelo mar
Eu quero festejar a época do ar
a calma do canal do cálido sorriso
o cheiro a boa lã do corredor
a sombra quase táctil desta tarde
momento reduzido a umas mãos
Escorrem tintas e irrompe o leite
desabrocha o olhar assombrado do mundo
eu vou no meio de flores ou então ao lado
E chega fevereiro e há muitas bandeiras
desfraldadas em múltiplos navios
e saltam nos salgueiros os botões
e o tojo bravio manifesta
discretas emoções porque alguém vem
nas correntes do ar na espessura do rio
alguém alguma coisa alguma festa
dissimuladamente eu sei que vem alguém
sinto-me bem tinha esquecido os pássaros
Aqui bisca de três o céu a morte tudo à vez
no seis de copas um navio à vela e o
sete de espadas mensageiro de morte

ao ritmo desses gestos lentos e antigos
a vida a vila ávida ávila
os céus os mundos vagalhões doirados
as aves pelo espaço destruídas
no alvoroço último das asas
e quanto eu abomino é quanto amo
beleza da verdade e do cair da tarde
e do brilho que arde num olhar de mar
toda a pesca toda a noite
nesta noite em que o vento varre a solidão
noite só contrastada com o mar
noite côncava e branca esta noite
e sonho ao luar de uma camélia
Galeões a vapor sobre as nuvens do mar
pinheiros anainhos recitais marinhos
cheiro ausente e picante a tangerina
e terra mar e ar bastam pra alimentar
a gente de luar que tem luz no olhar
Nadas pequenas coisas sujeições
fantasmas dissolvidos na manhã
segundo de ternura vibração e luz
uma mulher sorri e nada mais e um mundo começa
e sinto tanto vento que só tonto tento
eu nada sei só sei que como devagar esta pêra sumarenta
há o vagar da renda é certo a pressa da herança
não sei não quero saber nada
Aqui somente eu mando só se ouve a minha voz
mas aqui onde se ninguém responde?
Mulher original e solitária
sangue nos lábios femininos uivos
e a cabeleira loira desprendida
recusa ostensiva de umas asas

nenhuma sombra só luz que deslumbra
nome difícil de saber até ao fim
Entro na tua vida e perco-me sem medo
mulher que passas e que mais do que ver vejo
passar e desenhar na luz um gesto
e que enquanto passar me faz sair do nada
ou menos que do nada da vida passada
mulher que passas pela branca estrada
branca mais branca cada vez mais branca
e é só imensidade em torno à minha idade
sob as amendoeiras que prometem uma vida verdadeira
mulher ó luz que aquece a vida que arrefece
gesta já gasta que arrasta a flor da giesta
mulher de que um momento me sustento
nesta mesa da minha vida posta
Estranho este algarve aqui que ferve
onde a desolação redobra até que tudo cubra
até haver húmidas lágrimas nas folhas velhas
na terra indefinida e plana que a custo serena
Sagres pensamentos de pedra fixa vida circunflexa
aqui não se ouve nada nem sequer se ouve o nada
termo e habitação da terra mais ganha que dada
E entre maio e junho com o levante vindo
do mar mediterrâneo passa ao sul o atum
peixe habitante do distante fundo
de uma concha de pedra onde mal a vida medra
passa e procura a água fria onde nada receia
mas essa directriz que traz voltando em julho e agosto
voltado do viés será fatal talvez
pois sob a reduzida cerração o espera a armação
e à parte dois ou três esparsos vendavais
não há como no norte a progressiva morte

da luz que antes desmaia sobre a praia
mas sim a luz lápis-lazúli que de súbito se azula
se torna tão veloz que o atum morto reluz
e a rasa solidão do mar cumula
ebulição da vida cruelmente reprimida
Impetuosa seiva que prepara
a revolta da vida a vinda de melhores
ramos na árvore já ressequida
lírios do campo que o vento penteia
túmidos seios sensuais e cheios
anémonas azuis presente para vénus para
ísis personificação da natureza
múltiplos botões nos abrunheiros bravos
símbolo singular do começar de um certo olhar
de um começar que sem cessar começa
perfume de ervas frescas vindo pelas frestas
loureiros portugueses homenagem para gide
Ditadura do sol sobre os meus ombros
onde somente sei que não sei nada
nem talvez que o verão vem no ventre do vapor
Quero amar quero talvez chorar
sorrisos de mulheres que eu amei toda a manhã
vendo-as assim sentadas em esplanadas
para não mais as ver na minha vida
O dia sobressai da ventania
é nos fins de setembro bem me lembro
por sobre o verde virginal do mar
Começam as galhetas a passar
as noites são da dimensão de deus
e só no mundo o mar continua a falar
O cheiro do silêncio onde começo
a ser somente o som dos meus dispersos passos

rosto do mundo que sorri nas ruas
de cidades estranhas e até hostis
as três primeiras árvores do estio
Vagas autênticas de carne vindas nestes corpos
ó deusa imunda projectada pela água
ó imagem ignóbil e apaixonante do amor
no ar embalsamado do passado
Itália é terra feita para mim
Há para mim palavras proibidas
levo escrita na fronte e tenho à minha frente
mais vasta a fronte mais restrita a frente
nada menos que toda uma vida
por completo irremediavelmente proibida
só por ter um passado e ser consequente
E tudo isso eu levo por itália
e só disso não fujo nesta fuga
à vida embora eu passe por aqui
como se há anos certa parte de mim próprio
um pouco a não tivesse que sei eu deixado nestas ruas
ou para além de portas que não quero gaita que não quero
voltar alguma vez uma só vez a atravessar

Eu nunca estive em roma e muito menos hoje
onde pressinto estar porque cá estou
mas donde nunca estive tão ausente
pois donde estou mais longe é sempre donde estou

Em florença uma tarde oh inaudito uma pomba comum
plebeia anónima indocumentada
condenada talvez plo crime imperdoável
de uma ingenuidade irresponsável
uma pomba inaudita pasmem tenta entrar

através dos vitrais em santa croce
A névoa do crepúsculo já sobe
ao cimo da igreja de san miniato al monte
onde profundamente dorme um cardeal de um portugal
onde é melhor dormir que estar de olhos abertos
pois se a gente abre os olhos vê e ver parece mal
não só à vizinhança como ao mundo oficial
Inês a impossível a que às vezes me persegue
tarde virá mas só encontrará
passadas de um poeta que não eu
mas que também venceu um só simples olhar
aqui trocado com uma contemporânea
E a pomba tenta entrar ignorando talvez não ser lugar
pra pombas inocentes de passado ou devoção
e que possivelmente não terão que ver com obras de arte
coisas de algumas coisas cujo simples nome
a certos homens que por certo não o senhor jorge de brito
abre um mundo da mais funda e mais profunda significação
As pombas são das praças e do sol
são sobre estátuas como a de dante em verona
são em são marcos praça menos real que vista no cinema

O silêncio em veneza é mais do que silêncio
não é coisa ou palavra mas talvez não haver carros
embora eu só o saiba e sinta após haver ouvido
todo o ruído a nós trazido pelos carros
num ambiente que eu diria poluído
caso não fosse avesso a termos gastos nos discursos
que afinal poluem que martelam que massacram
não só o ouvido mas qualquer outro sentido
não só qualquer sentido mas até tudo quanto em nós
é por enquanto ainda fundamente nosso

O silêncio em veneza são pequenos largos
certos enquadramentos certa cor
o deslizar dos barcos nos canais
e mais que tudo sobre tudo em toda a parte
as crianças que brincam e dominam tudo
e possuem as praças com a segurança
que os mais vastos bens não dão aos mais rotundos
e redondos senhores destes e até de outros mundos
Veneza é o volpone ou o perfume do dinheiro
são os túmulos de stravinsky e de diaghilev
veneza é a cidade para a minha idade
Veneza é na outra margem entre as árvores esse livro onde
hemingway nos transmite a sua e nossa decadência
a sua com decência resolvida com um curto e seco tiro
a nossa pelos dias arrastada e prolongada
E no grande canal na noite fria eu que não posso mais
eu que prossigo aflito sobre as águas grito:
ó vítima visível de uma vaga vulnerabilidade
que vogas por veneza vulnerável mais que navegável
como nenhuma outra incontroversa cidade
que vogas e divagas e advogas o direito a
poder apaixonar-te calmamente livremente tu
que transpiras velhice forma extrema de impureza
se aceitável na vida humana inconcebível para a natureza tu
morreste muito antes de haver visto no cinema como
se morre em vida mais do que em veneza

Em florença na piazza della signoria
sento-me ao sol de março a uma mesa
O tempo aqui é coisa que não é
e a missão até dos funcionários daquele organismo
num palácio instalado deve ser olhar

do alto da janela a praça onde o tempo parou
Só as pombas se movem devem ser as mesmas
do tempo em que a cidade tinha o centro aqui
Talvez seja também esse o meu tempo e estou neste lugar
na esplanada a tomar o meu campari
imóvel como a estátua de cosme de medicis
Florença etimológica floresce
é primavera e tudo aqui renasce e reverdece
a começar por mim. Só tu que cá talvez também estiveste
ó meu sá de miranda ó de o sol é grande
tu que tanto entendeste isto não o entendeste
Peço para pagar o meu campari pedem-me a dobrar ou triplicar
o preço inclui decerto o sol e não desgosto de comprar
o que não deve interessar aos donos deste mundo
Sou um contrabandista e levo para hispania
a primavera vista e tida na itália
Talvez me abram as malas e procurem
jóias ou drogas mas a primavera
não importa à polícia. E no entanto é perigosa
pois não cabe no código católico
onde há lugar para o bem e para o mal
mas o não há para uma coisa como ela
que não existe agora nem jamais
e não é nada mais que simplesmente bela
vou levar tudo isto pois o levo no olhar
podem-me abrir as malas poderei dizer
que não levo comigo nada a declarar

Toda a terra é terra feita para mim é toda a terra
e epicuro ao falar fala afinal do nosso pão terreno
único pão que cabe nesta mão de homens
A vida não se compadece com ideologias vãs

a vida pede pouco mais que vida
Para a sabedoria não existe idade
mas para a felicidade existe um só momento
A noite de parménides a alegria de empédocles
palavras para coisas não há muito menos que inexistentes
num mundo sem limite e sem medida
onde a abstracção é o começo da acção
A velhice às vezes afasta discretamente de nós
um por um os corpos em que antes sempre pensávamos ao falar de beleza
os corpos envelhecem mais que as coisas
não têm as raízes dos penedos nem mesmo as dos álamos
nem mesmo as das substâncias indómitas como o ferro
não teria a natureza criado nada nem mesmo a geada
se porventura os princípios não fossem nem sequer declináveis
e tudo obedecesse à luz do fado
confiante na noite iluminando a noite
noite que um dia me espera ao fundo do corredor do cansaço
noite palavra incisiva às vezes porém deslizante somente vã
quando não é capaz de ao menos atenuar o sofrimento que implica
estar em certa medida vivo o homem que sofre talvez por estar precisamente
vivo vivo sem se ouvirem à noite as tenazes raízes dos estáveis penedos
e sem ser o átomo modelo de indivíduo autónomo
nem mesmo serem estranhamente livres os deuses de epicuro
tão breves tão discretos como cortesãos de um deus seja o deus que for
e um deus deslumbrante não anoitecesse na noite náutica
antecessora da noite que ao fim nos espera
e nos faz envergar as negras túnicas que envergaremos apenas
para num barco atravessarmos o rio do fim o rio hades
sem que voltemos sequer a cabeça para esta terra terra de dias e de sol
onde nem mesmo tenhamos talvez um só dia estado
para logo a seguir esquecermos tudo o que tínhamos talvez um vasto
passado

DATA DOS POEMAS

I PARTE

AREIAS DE PORTUGAL

Em louvor do vento — Praia da Consolação, 30/VIII/1973.
Nos finais do verão — Praia da Consolação, 30/VIII/1973.
Óscar niemeyer — Praia da Consolação, 25/VIII/1973.
Quero só isso nem isso quero — Praia da Consolação, 21/VIII/1973.
Quando já principia a anoitecer — Praia da Consolação, 2/X/1973.
A guerra começou há trinta e quatro anos — Praia da Consolação, 1/IX/1973.
Canção do cavador — Praia da Consolação, 29/VIII/1973.
Esse dia no miradouro da boca do inferno — Praia da Consolação, 26/VIII/1973.
Três ou quatro crianças — Praia da Consolação, 27/VIII/1973.
Tu estás aqui — Praia da Consolação, 26/VIII/1973.
Ao lavar dos dentes — Praia da Consolação, 31/VIII/1973.
Como se estivesse em agosto — Praia da Consolação, 26/VIII/1973.
Há domingos assim — Praia da Consolação, 7/IX/1973.
Uma forma de me despedir — Praia da Consolação, 9/IX/1973.
Como quem escreve com sentimentos — Praia da Consolação, 29/VIII/1973.
Sim um dia decerto — Praia da Consolação, 22/VIII/1973.
Uma árvore na minha vida — Praia da Consolação, 4/IX/1973.
O beneficiado faustino das neves — Praia da Consolação, 23/VIII/1973.
Nem sequer não — Praia da Consolação, 11/IX/1973.
Requiem por salvador allende — Praia da Consolação, 12/IX/1973.

II PARTE

TERRAS DE ESPANHA

Discurso branco sobre fundo negro — Praia da Consolação, 2/IX/1972.
Meditação anciã — Madrid, Novembro de 1972.
Agora o verão passado — Praia da Consolação, 7 horas da manhã do dia 18/II/1973.
Um dia uma vida — Praia da Consolação, 18/VIII/1972.
Fala de um homem afogado ao largo da senhora da guia no dia 31 de agosto de 1971 — Madrid, Junho de 1972.
Muriel — Madrid, 4,15 da madrugada do dia 2 de Fevereiro de 1972.
Encontro de garcilaso de la vega com dona isabel freire, em granada, no ano de 1526 — Madrid, 15/I/1972.
Ao regressar episodicamente a espanha, em agosto de 1534, garcilaso de la vega tem conhecimento da morte de dona isabel freire — Madrid, 5 horas da manhã do dia 26 de Janeiro de 1972.
O tempo sim o tempo porventura — Praia da Consolação, Fevereiro de 1973.
Meditação no limiar da noite — Praia da Consolação, 5/X/1973.
A sombra o sol — Praia da Consolação, 3/X/1973.

CRONOLOGIA

1933

Nasce Rui de Moura Ribeiro Belo, a 27 de Fevereiro, em São João da Ribeira, concelho de Rio Maior e distrito de Santarém, na casa que hoje tem o seu nome. Terceiro filho de Joaquim Ribeiro Belo e Adelaide Correia de Moura, professores na Escola Primária de São João da Ribeira.

1939

Inicia os estudos primários como aluno de seus pais.

1943

Ingressa no Liceu Nacional de Santarém.

1951

Conclui os estudos liceais, com média de 17 valores, recebendo o prémio de melhor aluno. Inicia os estudos universitários na Faculdade de Direito de Coimbra. Adere ao Opus Dei, como membro numerário.

1953

Fica isento do Serviço Militar.

1954

Concluído o terceiro ano de Direito, transfere-se para a Universidade de Lisboa.

1956

Termina a licenciatura em Direito. Parte para Roma, a fim de cursar Direito Canónico no Pontificium Athenaeum Angelicum, Facultas Iuris Canonici (Pontifícia Universidade S. Tomás de Aquino). Traduz *Les Quarante-huit Amériques*, de Raymond Cartier, e prefacia a edição portuguesa da biografia de Shakespeare *One Crown with a Sun*, de Ruth Holland.

1957

Conclui a licenciatura em Direito Canónico com a classificação de *magna cum laude*. Dá início a uma longa colaboração nas páginas da revista *Rumo*, com o artigo «Roma Volta a Ser Seiscentista — Exposição de Pintura e Escultura em Via Nazionale».

1958

Defende a dissertação de doutoramento em Direito Canónico *Ficção Literária e Censura Eclesiástica*, aprovada com a classificação de *magna cum laude*. Regressado a Lisboa, assume funções de director literário da Editorial Aster, que exercerá durante cerca de três anos.

1959

Integra o Conselho de Redacção da revista *Rumo*, até 1966. Traduz *Pilote de Guerre*, de Saint-Exupéry, e *Vida de Cristo*, de Justo Pérez de Urbel.

1960

Inicia o estágio para a advocacia como Subdelegado do Procurador da República. É adjunto da Direcção do Serviço de Escolha de Livros do Ministério da Educação Nacional, cargo que abandona quando está prestes a ser nomeado Director. Traduz *Briefe über Selbstbildung*, do teólogo Romano Guardini. Durante o Verão, profere quatro palestras sobre temas literários na Emissora Nacional.

1961

Abandona o Opus Dei. Estreia-se com o livro de poesia *Aquele Grande Rio Eufrates*. Publica o ensaio *Poesia Nova*, em separata da *Rumo*. É representado na *Antologia da Poesia Universitária* (org. Alfredo Barroso, Fiama Hasse Pais Brandão, J.M. Vieira da Luz e Rui Namorado) e na segunda edição da *Antologia da Novíssima Poesia Portuguesa* (org. Maria Alberta Menéres e E.M. de Melo e Castro). Em Outubro, matricula-se no curso de licenciatura em Filologia Românica da Faculdade de Letras da Universidade de Lisboa, onde terá como condiscípula a sua futura Mulher, Maria Teresa Carriço Marques.

1962

Publica o segundo livro de poesia, *O Problema da Habitação — Alguns Aspectos*. É bolseiro de investigação, até 1968, da Fundação Calouste Gulbenkian. Participa na greve académica.

1963

É nomeado Subdelegado do Procurador da República no 4.º Juízo Correccional da Comarca de Lisboa.

1964

Traduz *L'Art Moderne*, de Joseph-Emile Muller, e *La Bête Quaternaire*, de Renée Massip.

1965

Organiza e prefacia uma nova edição de *Os Brilhantes do Brasileiro*, de Camilo Castelo Branco. Saem do prelo, entre outras, as traduções de *Contes et Légendes de l'Egypte Ancienne*, de Marguerite Divin, *Récits Tirés de l'Histoire de Rome*, de Jean Defrasne, *Considérations sur les Causes de la Grandeur des Romains et de leur Décadence*, de Montesquieu, e *Essai sur les Libertés*, de Raymond Aron.

1966

Casa com Maria Teresa Marques, em Vila do Conde. Dirige o serviço de edições da União Gráfica. Publica o terceiro livro de poesia, *Boca Bilingue*. Organiza e prefacia *Prosas Dispersas*, de Antero de Quental. Traduz *Moravagine*, de Blaise Cendrars, e *Un Sens à la Vie*, de Saint-Exupéry.

1967

Nasce o primeiro filho, Diogo. Licencia-se em Filologia Românica, com média de 17 valores. Alimenta o projecto de uma tese de licenciatura subordinada ao tema «O Soneto na Literatura Portuguesa a partir do Simbolismo», que não chegará a concretizar-se. Profere conferências sobre Manuel Bandeira, na Sociedade Nacional de Belas Artes, e sobre as relações entre poesia e educação, no Colégio Moderno da Covilhã.

1968

Nasce o segundo filho, Duarte. Vem a lume o ensaio *Manuel Bandeira em Verso e Prosa*, em separata da revista *O Tempo e o Modo*. Traduz e prefacia *Citadelle*, de Saint-Exupéry.

1969

Publica a colectânea de estudos *Na Senda da Poesia* e, em separata da revista *Ocidente*, o ensaio *Camões e o Seu Crítico — Jorge de Sena*. É representado na quarta série da antologia *Líricas Portuguesas*, com organização de António Ramos Rosa. Candidata-se a deputado por Lisboa, nas listas da Comissão Eleitoral de Unidade Democrática, lideradas por Mário Soares.

1970

Sai o quarto livro de poesia, *Homem de Palavra[s]*. É co-fundador da SEDES — Associação para o Desenvolvimento Económico e Social, integrada por personalidades liberais e progressistas, entre as quais António Alçada Baptista, Adérito Sedas Nunes, Alfredo de Sousa e João Salgueiro.

1971

Publica *Poemas Escolhidos*, de Jorge Luis Borges. Prefacia *Sob Sobre Voz*, de João Miguel Fernandes Jorge, bem como a segunda edição de *Pelo Sonho É que Vamos*, de Sebastião da Gama. Colabora em *Outubro*, compilação de Casimiro de Brito e Gastão Cruz. Parte para Espanha, apesar das tentativas de impedimento pela PIDE, a fim de exercer funções de Leitor de Português na Universidade Complutense de Madrid. Reside no Colegio Mayor Casa do Brasil e, depois, no Colegio Mayor Nuestra Señora de Guadalupe, até 1977.

1972

Reedita *Aquele Grande Rio Eufrates*. Publica, em Madrid, o celebrado «Encontro de Garcilaso de la Vega com Dona Isabel Freire, em Granada, no Ano de 1526». Traduz *La Révolution Russe de 1917*, de Marc Ferro. Colabora na compilação *Poesia 71*, de Fiama Hasse Pais Brandão e Egito Gonçalves. Começa a frequentar a praia da Consolação.

1973

Lança o quinto volume de poesia, *Transporte no Tempo*, e a antologia pessoal *País Possível*, «um livro novo» com o importante inédito «Pequena História Trágico--Terrestre». Verte para português a comédia *Doña Rosita la Soltera o El Lenguaje de las Flores*, de Federico García Lorca.

1974

Dá à estampa um novo livro, com o longo poema épico-dramático *A Margem da Alegria*. Nasce o terceiro filho, Catarina. Finaliza as «legendas em verso» para o volume *Os Poucos Poderes*, em colaboração com João Miguel Fernandes Jorge, sobre fotografias de Jorge Guerra, que só virá a público em 1984, pela mão de José Sasportes.

1976

Publica o livro de poesia *Toda a Terra*.

1977

Edita a *plaquette* de poemas *Despeço-me da Terra da Alegria*, com desenho de José Rodrigues. Regressa a Lisboa. Vê recusado pelo Ministério da Educação e Cultura um pedido de equiparação a bolseiro, passando a leccionar em horário nocturno na Escola Técnica do Cacém. Figura na antologia de Pedro Tamen *20 Anos da Colecção Círculo de Poesia — 20 Anos de Poesia Portuguesa*.

1978

Reedita *Homem de Palavra[s]*. A 8 de Agosto, quando se prepara para concorrer ao lugar de Assistente da Faculdade de Letras de Lisboa, instituição que sempre lhe recusou a possibilidade de nela leccionar, morre subitamente, na sua casa de Monte Abraão, em Queluz, vítima de edema pulmonar. A revista *Raiz e Utopia* divulga o poema inédito «Na Noite de Madrid». A Editorial Inova, do Porto, publica *Homenagem a Ruy Belo*, com o inédito «Poema para a Catarina» e colaboração de Ruy Cinatti, Eugénio de Andrade, Pedro Tamen, Fernando Assis Pacheco, Gastão Cruz, João Miguel Fernandes Jorge, Joaquim Manuel Magalhães, Manuel Cintra e José Rodrigues. No final do ano, sai a reedição, aumentada com dois poemas, de *Despeço-me da Terra da Alegria*. Ruy Belo será condecorado pelo «país possível», em 1991, no Dia de Portugal, de Camões e das Comunidades Portuguesas, com o grau de Grande Oficial da Ordem Militar de Sant'Iago da Espada.